Arthur Schnitzler
Corso am Ring

Erzählungen aus Wien

Herausgegeben
von Burkhard Spinnen

Schöffling & Co.

Erste Auflage 2002
© der Zusammenstellung und des Nachworts:
Schöffling & Co. Verlagsbuchhandlung GmbH,
Frankfurt am Main 2002
Alle Rechte vorbehalten
Satz: Photosatz Amann, Aichstetten
Druck & Einband: Pustet, Regensburg
ISBN 3-89561-579-X

Inhalt

Der tote Gabriel

Sie tanzte an ihm vorüber, im Arme eines Herrn, den er nicht kannte, neigte ganz leise den Kopf, und lächelte. Ferdinand Neumann verbeugte sich tiefer, als es sonst seine Art war. Sie ist auch da, dachte er verwundert und fühlte sich mit einem Male freier als vorher. Wenn Irene es über sich vermochte, schon vier Wochen nach Gabriels Tod in weißem Kleide mit einem beliebigen unbekannten Herrn durch einen lichten Saal zu schweben, so durfte er sich's auch nicht länger übelnehmen, an diesen Ort der lauten Freude gekommen zu sein. Heute abends zum erstenmal nach vier Wochen stiller Zurückgezogenheit war er von dem Wunsch erfaßt worden, wieder unter Menschen zu gehen. Zur angenehmen Überraschung seiner Eltern, die sich ihres Sohnes tiefe Verstimmung über den Tod eines doch nur flüchtigen Bekannten kaum zu erklären gewußt hatten, war er zum Abendessen im Frack erschienen, hatte die Absicht geäußert, den Juristenball zu besuchen, und entfernte sich bald mit dem angenehmen Gefühl, den guten alten Leuten ohne besondere Mühe eine kleine Freude bereitet zu haben.

Im Fiaker, der ihn nach den Sophiensälen führte, wurde ihm wieder etwas beklommen ums Herz. Er dachte der Nacht, in der er von Wilhelminens Fenster aus drüben am Stadtparkgitter eine dunkle Gestalt hatte auf und ab wandeln sehen; des Morgens, an dem er, noch im Bette liegend, die Nachricht von dem Selbstmord Gabriels in der

Zeitung gefunden; der Stunde, da ihm Wilhelmine den ergreifenden Brief zu lesen gegeben, in dem Gabriel von ihr, ohne ein Wort des Vorwurfs, ewigen Abschied genommen hatte. Auch während er über die breite Treppe emporstieg, und selbst im Saal beim Rauschen der Musik war ihm nicht heiterer zumute geworden; erst Irenens Anblick hatte seine Stimmung erhellt.

Er kannte Irene schon einige Jahre, ohne je ein sonderliches Interesse an ihr genommen zu haben, und wie allen Bekannten des Hauses war auch ihm ihre Neigung zu Gabriel kein Geheimnis geblieben. Als Ferdinand ein paar Tage vor Weihnachten im Hause ihrer Eltern zu Gaste gewesen war, hatte sie mit ihrer angenehmen, dunklen Stimme ein paar Lieder gesungen. Gabriel hatte sie auf dem Klavier begleitet, und Ferdinand erinnerte sich deutlich, daß er sich gefragt hatte: Warum heiratet denn der gute Junge nicht das liebe, einfache Geschöpf, statt sich an diese großartige Wilhelmine zu hängen, die ihn sicher demnächst betrügen wird? Daß gerade er vom Schicksal ausersehen war, diese Ahnung wahr zu machen, das hatte Ferdinand an jenem Tage freilich noch nicht geahnt. Doch was den wahren Anteil seiner Schuld an Gabriels Tod anbelangte, so hatte Anastasius Treuenhof, der Versteher aller irdischen und göttlichen Dinge, sofort festgestellt, daß ihm in dieser ganzen Angelegenheit nicht die Rolle eines Individuums, sondern die eines Prinzips zugefallen, daß daher wohl zu gelinder Wehmut, keineswegs aber zu ernsthafter Reue ein Anlaß vorhanden sei. Immerhin war es ein peinlicher Augenblick für Ferdinand gewesen, als er mit Wilhelmine an Gabriels Grabe stand, auf dem noch die welkenden Kränze lagen und seine Begleiterin plötzlich mit jenem Tonfall, den er von der Bühne her so gut kannte, zu ihm, dem Tränen über die Wangen liefen, die Worte sprach: »Ja, du Schuft, nun kannst du freilich weinen.« Eine Stunde später schwor sie allerdings, daß um seinetwillen auch Bessere als Gabriel hätten sterben dürfen, und in den letzten Tagen schien es Ferdinand manchmal, als hätte sie alles Traurige, was geschehen war, einfach vergessen. Treuenhof wußte auch diesen seltsamen Umstand zu erklären, und zwar damit, daß die Frauen mit den Urelementen verwandter als die Männer und daher von Anbeginn dazu geschaffen wären, das Unabänderliche mit Ruhe hinzunehmen.

Zum zweitenmal tanzte Irene an Ferdinand vorüber, und wieder lächelte sie. Aber ihr Lächeln schien ein anderes als das erstemal; beziehungsreicher, grüßender, und ihr Blick blieb auf Ferdinand haften, während sie schon wieder davonschwebte und mit ihrem Tänzer in der Menge verschwand. Als der Walzer zu Ende war, spazierte Ferdinand im Saal herum, fragte sich, was ihn eigentlich hergelockt hatte, und ob es der Mühe wert gewesen war, die edle Melancholie seines Daseins, der in der letzten Zeit die leidenschaftlichen Stunden in Wilhelminens Armen nur einen düstern Reiz mehr verliehen, von der rauschenden Banalität dieses Ballabends stören zu lassen. Und er bekam plötzlich Sehnsucht, sich nicht nur von dem Balle zu entfernen, sondern in den allernächsten Tagen, vielleicht morgen, die Stadt zu verlassen und eine Reise nach dem Süden anzutreten, nach Sizilien oder Ägypten. Er überlegte eben, ob er vor seiner Abfahrt Wilhelminen Lebewohl sagen sollte – als plötzlich Irene vor ihm stand. Leicht neigte sie den Kopf und erwiderte seinen Gruß; er reichte ihr den Arm und führte sie durch das Gedränge im Saal die wenigen Stufen hinauf zu dem breiten Gang mit den gedeckten Tischen, der rings um den Tanzsaal lief. Eben fing die Musik wieder an und beim ersten Schwellen der Akkorde sagte Irene leise. »Er ist tot – und wir zwei sind da.« Ferdinand erschrak ein wenig, beschleunigte unwillkürlich seine Schritte und bemerkte endlich: »Es ist heute das erstemal seither, daß ich unter so vielen Menschen bin.«

»Für mich ist's heute schon das drittemal«, erwiderte Irene mit klarer Stimme. »Einmal bin ich im Theater gewesen und einmal auf einer Soiree.«

»War es amüsant?« fragte Ferdinand.

»Ich weiß es nicht. Irgendwer hat Klavier gespielt, irgendein anderer hat komische Sachen vorgetragen, und dann hat man getanzt.«

»Ja es ist immer dasselbe«, bemerkte Ferdinand.

Sie standen vor einer Tür. »Ich bin zur Quadrille engagiert«, sagte Irene, »aber ich will sie nicht tanzen. Flüchten wir auf die Galerie.« Ferdinand führte Irene über die schmale, kühle Wendeltreppe hinauf. Er sah einzelne feine Puderstäubchen auf Irenens Schultern. Das schwarze Haar trug sie in einem schweren Knoten tief im Nakken. Ihr Arm lag leicht in dem seinen. Die Tür zur Galerie stand offen, in der ersten Loge saß ein Kellner, der sich nun eilig erhob.

»Ich will ein Glas Champagner trinken«, sagte Irene.

O! dachte Ferdinand – sollte sie interessanter sein, als ich vermutete? Oder ist es Affektation?

Er bestellte den Wein, dann rückte er ihr einen Sessel zurecht, so daß man sie von unten nicht sehen konnte.

»Sie waren sein Freund?« fragte Irene und sah ihm fest ins Auge.

»Sein Freund? Das kann man eigentlich nicht sagen. Jedenfalls waren unsere Beziehungen in den letzten Jahren nur sehr lose.« Und er dachte: Wie sonderbar sie mich ansieht. Sollte sie ahnen, daß ich ... Doch er sprach weiter: »Vor fünf oder sechs Jahren habe ich zugleich mit ihm an der Universität einige Vorlesungen gehört. Wir haben nämlich beide Jus studiert, überflüssigerweise. Dann, vor drei Jahren, im Herbst, haben wir miteinander eine Radpartie gemacht, von Innsbruck aus, wo wir uns zufällig getroffen hatten. Über den Brenner. In Verona haben wir uns wieder getrennt. Ich bin nach Hause gereist, er nach Rom.«

Irene nickte manchmal, als wenn sie lauter bekannte Dinge zu hören bekäme. Ferdinand fuhr fort: »In Rom hat er übrigens sein erstes Stück geschrieben, vielmehr das erste, das aufgeführt wurde.«

»Ja«, sagte Irene.

»Er hat nicht viel Glück gehabt«, bemerkte Ferdinand. Der Champagner stand auf dem Tisch. Ferdinand schenkte ein. Sie ließen die Gläser aneinanderklingen, und während sie tranken, sahen sie einander ernst ins Auge, als gälte das erste Glas dem Gedächtnis des Entschwundenen. Dann setzte Irene das Glas nieder und sagte ruhig: »Wegen der Bischof hat er sich umgebracht.«

»Das wird behauptet«, erwiderte Ferdinand einfach und empfand Befriedigung darüber, daß er sich mit keiner Miene verriet.

Die Einleitungsklänge der Quadrille schmetterten so heftig, daß die Champagnerkelche leise bebten.

»Kennen Sie die Bischof persönlich?« fragte Irene.

»Ja«, erwiderte Ferdinand. Also, sie hat keine Ahnung, dachte er. Natürlich. Wenn sie es ahnte, tränke sie wohl nicht hier heroben mit mir Champagner. Oder vielleicht erst recht ...?

»Ich habe die Bischof neulich als Medea gesehen«, sagte Irene. »Nur ihretwegen bin ich ins Theater gegangen. Seit der Premiere des Stückes von Gabriel im vorigen Winter hatte ich sie nicht auf der Bühne gesehen. Damals hat die Geschichte wohl angefangen?«

Ferdinand zuckte die Achseln, er wußte gar nichts. Und er stellte fest: »Sie ist eine große Künstlerin.«

»Das ist wohl möglich«, erwiderte Irene, »aber ich glaube nicht, daß sie darum das Recht hat ...«

»Was für ein Recht?« fragte Ferdinand, während er die Gläser von neuem füllte.

»Das Recht, einen Menschen in den Tod zu treiben«, schloß Irene und blickte ins Leere.

»Ja, mein Fräulein«, sagte Ferdinand bedächtig, »wo hier einerseits das Recht, andrerseits die Verantwortung anfängt, das läßt sich schwer entscheiden. Und wenn man die näheren Umstände nicht kennt, wie kann man da ... Jedenfalls gehört Fräulein Bischof zu den Wesen, die, wie soll ich nur sagen, mit den Elementargeistern verwandter sind als wir anderen Menschen, und man darf an solche Geschöpfe wahrscheinlich nicht das gleiche Maß legen wie an unsereinen.«

Irene hatte ihren kleinen altmodischen Elfenbeinfächer auf den Tisch gelegt, nahm ihn nun wieder auf und führte ihn an Wange und Stirn, wie zur Kühlung. Dann trank sie ihr Glas auf einen Zug aus und sagte: »Daß sie ihm nicht treu geblieben ist – nun, das ist ja vielleicht zu verstehen. Aber warum ist sie nicht aufrichtig zu ihm gewesen? Warum hat sie ihm nicht gesagt: Es ist aus. Ich liebe einen andern, laß uns scheiden. Es hätte ihm gewiß sehr weh getan, aber in den Tod getrieben hätt' es ihn nicht.«

»Wer weiß«, sagte Ferdinand langsam.

»Gewiß nicht«, wiederholte Irene hart. »Nur der Ekel war es, der ihn dahin gejagt hat. Der Ekel. Daß er denken mußte: dieselben Worte, die ich heute gehört, dieselben Zärtlichkeiten, die ich heute empfangen ...« Ein Zucken ging durch ihren Körper, ihr Blick schweifte über die Brüstung in den Saal hinaus, und sie schwieg.

Ferdinand sah sie an und begriff nicht, daß sich irgendein Mensch auf Erden Wilhelminens wegen umbringen konnte, der von diesem Mädchen geliebt war. Er zweifelte in diesem Moment auch stärker als je, daß Gabriel jemals Talent gehabt hätte. Freilich konnte er sich des Stückes nur dunkel entsinnen, in dem Wilhelmine voriges Jahr die Hauptrolle gespielt hatte, und nach dessen Mißerfolg sie, wie zur Entschädigung, Gabriels Geliebte geworden war. Sehr leise sagte Irene jetzt, mit abgewandtem Blick. »Sie haben also in den letzten Jahren nicht mit ihm verkehrt?«

»Wenig«, erwiderte Ferdinand. »Erst im letzten Herbst sind wir wieder einige Male zusammengekommen. Ich bin ihm zufällig einmal auf dem Ring begegnet. Er war gerade in Gesellschaft der Bischof, und wir haben dann alle drei im Volksgarten miteinander soupiert. Es war ein sehr gemütlicher Abend. Man konnte noch im Freien sitzen, obwohl es schon Ende Oktober war. Dann sind wir noch ein paarmal zusammen gewesen nach diesem Abend – ein- oder zweimal sogar oben bei Fräulein Bischof. Ja, es hatte gewissermaßen den Anschein, als wenn man einander wiedergefunden hätte nach langer Zeit. Aber es wurde nichts daraus.« Ferdinand sah an Irene vorbei und lächelte.

»Nun will ich Ihnen etwas erzählen«, sagte Irene. »Ich hatte die Absicht, Fräulein Bischof zu besuchen.«

»Wie?« rief Ferdinand und betrachtete Irenens Stirn,

die sehr weiß war und höher, als Mädchenstirnen zu sein pflegen.

Die Quadrille war zu Ende, und die Musik schwieg. Lärmend von unten drang das Gewirr der Stimmen. Einige gleichgültige Worte, als hätten sie die Kraft sich von den anderen loszulösen, drangen deutlicher herauf.

»Ich war sogar fest entschlossen«, sagte Irene, während sie den elfenbeinernen Fächer auf- und zuklappte. »Aber – denken Sie, wie kindisch, im letzten Moment versagte mir immer der Mut.«

»Warum wollten Sie sie denn besuchen?« fragte Ferdinand.

»Warum? Das ist doch sehr einfach. Ich wollte sie eben von Angesicht zu Angesicht sehen, ihre Stimme hören, wollte wissen, wie sie im gewöhnlichen Leben spricht und sich bewegt, sie um allerlei alltägliche Dinge fragen. Begreifen Sie denn das nicht?« fügte sie plötzlich heftig hinzu, lachte kurz, trank einen Schluck aus ihrem Glase und redete weiter. »Es interessiert einen doch, wie diese Frauen eigentlich sind, diese geheimnisvollen, die man mit anderem Maße messen muß, wie Sie behaupten, die, für die gute Menschen sich umbringen, und die drei Tage später wieder auf der Bühne stehen, so herrlich und so groß, als hätte sich nichts auf der Welt verändert.«

Zwei Herren gingen vorüber, blieben stehen, wandten sich um und starrten Irene an.

Ferdinand war ärgerlich und entschlossen, wenn diese Ungezogenheit nur eine Sekunde länger andauerte, aufzustehen und die beiden Herren zur Rede zu stellen. Und er sah sich schon Karten wechseln, Zeugen empfangen, im Morgengrauen durch den Prater fahren, durch die Brust getroffen auf die feuchte Erde sinken, und endlich

Wilhelminen mit irgendeinem Komödianten an seinem Grabe stehen. Aber noch vor Ablauf der Sekunde, die er den Herren Frist gegönnt hatte, starrten sie nicht mehr und spazierten weiter. Und Ferdinand hörte wieder Irenens Stimme: »Jetzt hätte ich Mut«, sagte sie mit einem seltsamen, wie verzweifelten Lächeln.

»Wozu Mut?« fragte Ferdinand.

»Mut, das Fräulein Bischof zu besuchen.«

»Das Fräulein Bischof zu besuchen ... jetzt –?«

»Ja, gerade jetzt. Was denken Sie dazu?« Und sie wiegte die Schultern im Takte der Musik. »Oder sollen wir Walzer tanzen?«

»Immerhin liegt es näher«, meinte Ferdinand.

»Ist es nicht sonderbar«, sagte Irene mit lustigen Augen. »Was hat sich denn geändert, seitdem wir hier in der Loge sitzen und Champagner trinken? Nichts. Nicht das geringste. Und plötzlich kommt einem vor, daß der Tod gar nicht so Schreckliches ist, als man sich gewöhnlich vorstellt. Sehen Sie; ohne weiteres könnte ich mich hier herunterstürzen – oder auch von einem Turm. Wie nichts erscheint mir das. Ein Spaß. Und wie gut bekannt wir zwei miteinander geworden sind! Aber das verdanken Sie nur Gabriel.«

»Ich habe mir nie eingebildet, ...«, sagte Ferdinand verbindlich lächelnd und merkte, daß er ein wenig Herzklopfen hatte.

Irenens Augen waren nicht mehr lustig, sie waren groß, schwarz und ernst. »Und wissen Sie, wie ich mir das dachte«, sagte sie, ohne auf ihn zu hören. »Ich wollte mich als angehende Künstlerin vorstellen oder einfach als glühende Verehrerin. Schon lange sehne ich mich ... schon lange schmachte ich danach ... in der Art wollte ich beginnen. Sie sind doch alle sehr eitel diese Frauen, nicht?«

»Das gehört zum Beruf«, erwiderte Ferdinand.

»Ah, ich hätte ihr so geschmeichelt, daß sie ganz entzückt gewesen wäre und mich gewiß aufgefordert hätte, wiederzukommen ... Und ich wär' auch wiederge-
kommen, öfters sogar, ganz intim wären wir geworden,
Freundinnen geradezu; bis ich ihr eines Tages ... ja – bis
ich ihr's ins Gesicht geschrien hätte, in irgend einer
Stunde. »Wissen Sie auch, was Sie getan haben ... Wissen
Sie, was Sie sind? Eine Mörderin! Ja, das sind Sie, Fräulein
Bischof!«

Ferdinand betrachtete sie mit Staunen und dachte wieder. Was für ein Narr dieser Gabriel gewesen ist.

Die Quadrille war aus, unten summte und rauschte es,
und alles kam von ferner als vorher. Zwei Paare spazierten
vorbei, setzten sich gar nicht weit zu einem der Tische an
der Wand, unterhielten sich und lachten ganz laut. Dann
fing die Musik wieder an; es klang und schwoll durch den
Raum.

»Und wenn ich jetzt zu ihr hinginge?« fragte Irene.

»Jetzt?«

»Was denken Sie, empfinge sie mich?«

»Es wäre eine sonderbare Stunde«, sagte Ferdinand lächelnd.

»Ach, es kann noch lange nicht Mitternacht sein, und
sie hat ja heute gespielt.«

»Sie wissen das?«

»Was ist daran verwunderlich, steht es nicht in der Zeitung? Sie wird eben erst nach Hause gekommen sein.
Wäre es nicht die einfachste Sache von der Welt? Man läßt
sich melden, erzählt irgendeine Geschichte oder ganz einfach die Wahrheit. Ja. Ich komme geradewegs von einem
Ball, meine Sehnsucht, Sie kennen zu lernen, war unüber-

windlich, nur einmal wollt' ich die göttliche Hand küssen ... und so weiter. – Indessen wartet unten der Wagen, noch vor der großen Pause ist man zurück. Kein Mensch hat es bemerkt.«

»Wenn Sie dazu bereit sind, Fräulein«, sagte Ferdinand, »so erlauben Sie mir wohl, Sie zu begleiten.«

Irene sah ihn an. Der Ausdruck seiner Mienen war entschlossen und erregt. »Sie glauben doch nicht, daß ich wirklich ...«

»Aber von einem Turm zu springen, Fräulein, dazu hätten Sie Mut genug? ...«

Irene schaute ihm ins Auge, und plötzlich stand sie auf. »Dann aber gleich«, sagte sie, und über ihre Stirn lief ein dunkler Schatten.

Ferdinand rief den Kellner, bezahlte, reichte Irene den Arm und führte sie über die zwei Treppen hinab in die Vorhalle. Dort half er ihr in den hellgrauen Mantel, sie schlug den Pelzkragen in die Höhe und nahm ein Spitzentuch über den Kopf. Ohne ein Wort miteinander zu reden, traten beide unter das Tor in die Einfahrt. Ein Wagen fuhr herbei, und lautlos über die beschneite Straße rollten sie ihrem Ziele zu.

Ferdinand sah Irene zuweilen von der Seite an. Sie saß regungslos, und aus ihrem verhüllten Gesicht starrten die Augen ins Dunkle. Als nach wenigen Minuten der Wagen vor dem Hause auf dem Parkring stehenblieb, wartete Irene, bis Ferdinand geklingelt hatte und das Tor geöffnet war. Dann erst stieg sie aus, und beide gingen langsam die Treppen hinauf. Ferdinand fühlte sich wie aus einem Traum erwachen, als das wohlbekannte Kammermädchen vor ihm stand und ihn und seine Begleiterin verwundert betrachtete.

»Bitte, fragen Sie das Fräulein«, sagte Ferdinand, »ob sie die Güte haben möchte, uns zu empfangen.«

Das Mädchen lächelte dumm und führte das Paar in den Salon. Die Flammen des Deckenlusters strahlten auf, und Ferdinand sah Irene und sich selbst wie zwei fremde Menschen in dem venezianischen Spiegel schweben, der schiefgeneigt über dem schwarzen, glänzenden Flügel hing. Plötzlich fuhr ihm ein Gedanke durch den Kopf. Wie, wenn Irene sich nur darum hieher hätte führen lassen, um Wilhelmine zu ermorden. Der Einfall schwand so schnell, als er gekommen war; aber jedenfalls erschien ihm das junge Mädchen, wie es neben ihm stand und ihm das Spitzentuch langsam vom Kopf herabglitt, völlig verändert, ja, wie irgendein fremdes Wesen, dessen Stimme er noch nicht einmal kannte.

Eine Tür öffnete sich, und Wilhelmine trat ein in einem glatten samtnen Hauskleid, das den Hals frei ließ. Sie reichte Ferdinand die Hand und betrachtete ihn und das Fräulein mit Blicken, die eher Heiterkeit als Verwunderung ausdrückten. Ferdinand versuchte den Anlaß des nächtlichen Besuches mit scherzhaften Worten zu erklären. Er berichtete, wie seine Begleiterin während des Tanzes von nichts anderem gesprochen hatte, als von ihrer Bewunderung für Fräulein Bischof, und wie er sich in einer Art von Faschingslaune erbötig gemacht hatte, das Fräulein zu nachtschlafender Stunde in das Haus der Wunderbaren zu geleiten – auf die Gefahr hin, daß sie beide gleich wieder die Treppe hinunterbefördert würden.

»Was fällt Ihnen ein«, erwiderte Wilhelmine, »im Gegenteil, ich bin entzückt«, und sie reichte Irene die Hand. »Nur muß ich die Herrschaften bitten, mir beim Abendessen Gesellschaft zu leisten, ich komme nämlich eben aus dem Theater.« Man begab sich in den Nebenraum, wo unter einer grünlichen Kristallglocke drei matte Glühlampen einen nur zur Hälfte gedeckten Tisch beleuchteten. Während Ferdinand seinen Pelz ablegte und ihn auf den Diwan warf, nahm Wilhelmine Irene den Mantel selbst von den Schultern und hing ihn über eine Stuhllehne. Hierauf nahm sie Gläser aus der Kredenz, füllte sie mit weißem Wein, stellte sie vor Ferdinand und Irene hin, dann erst setzte sie sich nieder, nahm sich ruhig ein Stück kaltes Fleisch auf den Teller, zerschnitt es, sagte »Erlauben Sie« und begann zu essen. Von Zeit zu Zeit warf sie einen gutmütigen, wie von fern lächelnden Blick auf Irene und Ferdinand.

Sie findet es natürlich selbstverständlich, dachte Ferdinand ein wenig enttäuscht. Und wenn ich mit der Kaiserin von China gekommen wäre und ihr jetzt meine Ernennung zum Mandarin mitteilte, es käme ihr auch nicht sonderbar vor. Schade eigentlich. »Denn Frauen, die niemals staunen, gehören niemandem ganz ...« Es war ein Wort von Treuenhof, das ihm ziemlich ungenau durch den Kopf ging.

»War es lustig auf dem Ball?« fragte Wilhelmine. Ferdinand berichtete, daß der Saal überfüllt wäre, meist von häßlichen Menschen, und auch mit der Musik wär' es nicht zum Besten bestellt. Er redete so hin. Wilhelmine blickte ihm wohlgelaunt ins Gesicht und wandte sich an Irene mit der Frage, ob ihr Begleiter ein flotter Tänzer wäre.

Irene nickte und lächelte. Ihr »Ja« war beinahe unhörbar.

»Sie haben heute ›Feodora‹ gespielt, Fräulein?« fragte Ferdinand, um das Gespräch nicht stocken zu lassen. »War es gut besucht?«

»Ausverkauft«, erwiderte Wilhelmine.

Irene sprach: »Als Feodora habe ich Sie leider noch nicht gesehen, Fräulein Bischof Aber neulich als Medea. Es war herrlich.«

»Heißen Dank«, entgegnete Wilhelmine.

Irene äußerte noch einige Worte der Bewunderung, dann fragte sie Wilhelmine nach ihren Lieblingsrollen und schien ihren Antworten mit Anteilnahme zu lauschen; endlich kam es zu einem oberflächlich wirren Gespräch darüber, wer der größere Schauspieler sei, der in der darzustellenden Gestalt sich völlig verliere oder der über seiner Rolle stehe. Hier erwähnte Ferdinand, daß er mit einem jungen Komiker bekannt gewesen sei, der ihm selbst erzählt hatte, wie er eine gewisse höchst lustige Rolle gerade am Begräbnistage seines Vaters wirkungsvoller gespielt hätte als je.

»Sie haben ja nette Freunde«, bemerkte hierauf Wilhelmine und steckte eine Orangenschnitte in den Mund.

Wie ist es nun eigentlich? dachte Ferdinand. Hat Fräulein Irene vergessen, daß sie Wilhelmine ins Gesicht eine Mörderin heißen wollte... Und weiß Wilhelmine überhaupt noch, daß ich ihr Geliebter bin, ich, der mit einer fremden jungen Dame ihr mitten in der Nacht einen Besuch abstattet...?

»Sie haben ein so reges Interesse fürs Theater, Fräulein«, bemerkte Wilhelmine, »sollten Sie vielleicht einmal daran gedacht haben, selbst diese Karriere einzuschlagen?«

Irene schüttelte den Kopf. »Ich habe leider kein Talent.«

»Nun danken Sie Gott«, sagte Wilhelmine, »es ist ein Sumpf.«

Und jetzt, während sie begann, von den Niederträchtig-keiten zu erzählen, die man als Künstlerin von allen Seiten zu erdulden habe, sah Ferdinand, wie Irene, gleichsam ge-bannt, zu einer Tür hinschaute, die angelehnt war und durch deren Spalt es bläulich hereinschimmerte. Und er bemerkte, wie Irenens Antlitz, das bisher regungslos ge-wesen war, unter seiner Blässe sich leise zu bewegen, wie die schweigenden Lippen seltsam zu zucken begannen. Und ihm war, als gewahrte er in ihren weit geöffneten Au-gen eine frevelhafte Lust, in das bläuliche Zimmer einzu-dringen und ihr Gesicht in den Polster zu graben, auf dem Gabriels Haupt einmal geruht hatte. Dann fiel ihm ein, daß ein längeres Ausbleiben Irenens, wenn es schon bis jetzt unbemerkt geblieben sein mochte, immerhin von unangenehmen Folgen für sie und vielleicht auch für ihn begleitet sein könnte; und er rückte seinen Sessel.

Irene wandte sich ihm zu, wie aus einem Traum erwa-chend. Noch war ein Nachklang von Wilhelminens letzten Worten in der Luft, die keiner gehört hatte.

»Es ist wohl Zeit, daß wir gehen«, sagte Irene und erhob sich.

»Ich bedaure sehr«, erwiderte Wilhelmine, »daß ich nicht länger das Vergnügen habe.«

Irene betrachtete sie mit einem ruhig prüfenden Blick.

»Nun, mein Kind?« fragte Wilhelmine.

»Es ist sonderbar«, sagte Irene, »wie Sie mich an ein Bild erinnern, Fräulein, das bei uns zu Hause hängt. Es stellt eine kroatische oder slowakische Bäuerin vor, die auf einer beschneiten Landstraße vor einem Heiligenbild be-tet.«

Wilhelmine nickte gedankenvoll, als erinnerte sie sich ganz deutlich des Wintertages, an dem sie irgendwo in

Kroatien vor jenem Heiligenbild im Schnee gekniet war. Dann ließ sie es sich nicht nehmen, Irenen selbst den Mantel um die Schultern zu legen und begleitete ihre Gäste ins Vorzimmer. »Nun tanzen Sie lustig weiter«, sagte sie. »Das heißt, wenn Sie wirklich auf den Ball zurückfahren.«

Irene wurde totenblaß, aber sie lächelte.

»Man muß sich vor ihm hüten«, fügte Wilhelmine hinzu und warf einen Blick auf Ferdinand, den ersten, in dem irgend etwas wie die Erinnerung in die vergangene Nacht lag.

Ferdinand erwiderte nichts und fühlte nur, wie Irene ihn und Wilhelmine mit einem und demselben dunklen Blick umfaßte.

Das Stubenmädchen erschien, Wilhelmine reichte nochmals ihren Gästen die Hand, sprach die Hoffnung aus, das junge Mädchen bald wieder bei sich zu sehen, und lächelte Ferdinand an, als hätte sie ein verabredetes Spiel gegen ihn gewonnen.

Von dem Stubenmädchen mit der Kerze geleitet, schweigend, schritten Ferdinand und Irene die Treppe hinunter. Bald schloß sich das Haustor hinter ihnen. Der Kutscher öffnete den Schlag, Irene stieg ein, Ferdinand setzte sich an ihre Seite. Die Pferde trabten durch den stillen Schnee. Von einer Straßenlaterne fiel plötzlich ein Strahl auf Irenens Antlitz. Ferdinand sah, wie sie ihn anstarrte und die Lippen halb öffnete.

»Also Sie«, sagte sie leise. Und es war ihm, als bebte Staunen, Grauen, Haß in ihrer Stimme. Sie waren im Dunkeln. Wenn sie einen Dolch bei sich hätte, dachte Ferdinand, ob sie ihn mir ins Herz stieße ...? Wie man's auch nimmt, dazu käm ich recht unschuldig. War ich nicht vielmehr ein Prinzip, als ... Und er überlegte, ob er nicht versuchen sollte, ihr die Sache zu erklären. Nicht etwa, um sich zu rechtfertigen, sondern eher, weil dieses kluge Geschöpf es wohl verdiente, in die tieferen Zusammenhänge der ganzen Geschichte eingeweiht zu werden.

Plötzlich fühlte er sich umklammert und auf seinen Lippen die Irenens, wild, heiß und süß. Es war ein Kuß, wie er noch niemals einen gefühlt zu haben glaubte, so duftend und so geheimnisvoll; und er wollte nicht enden. Erst als der Wagen stehenblieb, löste sich Mund von Mund.

Ferdinand verließ den Wagen und war Irenen beim Aussteigen behilflich.

»Sie werden mir nicht folgen«, sagte sie hart, und war auch schon in der Halle verschwunden. Ferdinand blieb draußen stehen. Er dachte keinen Augenblick daran, ihren Befehl zu mißachten. Er fühlte ganz deutlich und mit plötzlichem Schmerz, daß es vorbei war und daß diesem Kuß nichts folgen konnte. –

Drei Tage später berichtete er sein Abenteuer Anastasius Treuenhof, dem man nichts zu verschweigen brauchte, da Diskretion ihm gegenüber geradeso kindisch gewesen wäre wie vor dem lieben Gott.

»Es ist schade«, sagte Anastasius nach kurzem Besinnen, »daß sie nicht Ihre Geliebte geworden ist. Euer Kind hätte mich interessiert. Kinder der Liebe haben wir genug, Kinder der Gleichgültigkeit allzuviel, an Kindern des Hasses herrscht ein fühlbarer Mangel. Und es ist nicht unmöglich, daß uns gerade von ihnen das Heil kommen wird.«

»Sie glauben also«, fragte Ferdinand ...

»Nun was denn bilden Sie sich ein?« entgegnete Anastasius streng.

Ferdinand senkte das Haupt und schwieg.

Im übrigen hatte er sein Schlafwagenbillett nach Triest in der Tasche, von dort ging es dann weiter nach Alexandrien, Kairo, Assuan ... Seit drei Tagen begriff er auch, daß Menschen aus hoffnungsloser Liebe sterben können ... andere natürlich ... andere.

Er wartet auf den vazierenden Gott

Nämlich mein Freund Albin wartet auf ihn. Er ist ein Poet, Albin, und zwar ist er das Genie des Fragments; er hat noch nie etwas bis zu Ende geschrieben. Die Ideen strömen ihm zu, das erzählt er mir oft, und ich war dabei, wie er in seiner Kaffeehausecke saß, auf die Marmorplatte des Tisches starrte und plötzlich aufsprang – weil die Ideen ihn nicht in Ruhe ließen. Ich faßte es sofort auf: er flüchtete vor den hunderterlei Gestalten, die da im Qualm des Kaffeehausdunstes um ihn tanzten, und ich, der ihm gegenübersaß, schaute ihm bewundernd nach. Ich wußte schon, daß er morgen mit der Mitteilung vor mich hintreten würde: Gestern nacht um ein Uhr hab' ich eine Novelle zu schreiben angefangen... Oder gar ein Drama! Oder er würde auch sagen: Höre einmal... dann pflegte er Reflexionen vorzulesen, abgerissene Sätze oder nur einzelne Worte mit irgendeinem überraschenden Epitheton.

Seine Reflexionen enden gewöhnlich mit einem Gedankenstrich, so ein Gedankenstrich, der zu einem spricht: Bitte sehr, setzen Sie jetzt diesen Gedanken fort, wenn Sie können! Ich weiß, daß ich einmal über einen solchen Gedankenstrich sehr pikiert war, weil ich nicht fortsetzen konnte, und zwar insbesondere, weil ich das Aphorisma nicht verstand. Albin aber würdigt mich seiner Freundschaft nach wie vor; denn ich bin nichtsdestoweniger der einzige, welcher ihn versteht. Man wird jetzt begreifen, warum ich manchmal stolz erscheine.

Ganz seltsam wird mir, wenn er mir gestattet, seine Papiere zu durchblättern. Abgerissene Szenen, Brouillons zu Komödien, erste Kapitel die schwere Menge, Skizzen, Pläne flattern in losen Blättern vor mir auf, und es überkommt mich wie ein ehrfürchtiger Schauer. Ich weiß, warum Albin eigentlich nichts arbeitet: es fällt ihm zuviel ein.

Neulich erst brachte er seine Papiere mit ins Kaffeehaus. Er las mir an diesem Tage nichts vor als kurze Sätze, Worte oder, wie es in der Überschrift geschmackvoll hieß: »Plötzliches.« Im Anfang mußte ich ihn manchmal unterbrechen und fragen: Was bedeutet das? Da empfing ich meist eine Antwort in folgender Art: Das wird im Zusammenhang klar, oder: ich weiß es selber nicht mehr, oder: das gehört in irgend etwas hinein, was mir noch nicht eingefallen ist, oder: wie? das begreifst du nicht? ... Und dann las er unbeirrt weiter. Zum Beispiel: Er spielte eine Tangente am Kreise ... Wer? fragte ich. Er warf mir einen vernichtenden Blick zu und las weiter: Was ist Treue? Zufall, Mangel an Gelegenheit zur Untreue – eine Art Krankheit. (Pause.) Toter Orkan. (Pause.) Als ich sie das erstemal sah, gähnte sie just. (Pause.) Er ging daher wie ein vazierender Gott.

Wer? rief ich dazwischen.

Das weiß ich ja noch nicht, erwiderte er beinah erregt; ich warte auf den vazierenden Gott.

Ah! Du wartest auf ihn ... Was ist das eigentlich, ein vazierender Gott?

Das läßt sich nicht erklären, das muß man empfinden ...

Ich empfinde es bereits, versetzte ich – jedenfalls etwas voreilig. Ein Gott, hm – ein Gott, der vaziert ... der, auf den der Vergleich paßt, muß entschieden ein gewaltiger Kerl sein!

Stelle dir vor, sagte Albin ...

Ich stelle mir bereits vor, erwiderte ich. Er geht daher ... im vollen Bewußtsein seiner Göttlichkeit, aber er hat keine Verwendung für diese Göttlichkeit ... Jupiter ohne Anstellung ...

Du bist nah daran, eine Ahnung zu haben, meinte Freund Albin.

Selbst dieses bescheidene Lob regte mich mächtig an. Also wer? fragte ich mich selber eifrig. Ein entthronter Fürst zum Beispiel – ich kann mir das sehr gut denken –, er hat den Purpurmantel über den Arm geworfen, wie gewöhnliche Menschen den Überzieher; die Krone hat er schief aufgesetzt und strabanzt durch die Welt ...

Der Blick Albins schien mich fragen zu wollen, ob ich scherzte. Und mir war es so heiliger Ernst! Immerhin hielt ich inne.

Hier – – hier, rief plötzlich Albin, indem er zum Fenster des Kaffeehauses hinausdeutete.

Ich sah ein junges Mädchen stolz mit einer Musikmappe vorüberwandeln und betrachtete sie aufmerksam, bis sie dem Auge entschwunden war. Mit einem gewissen kühlen Lächeln, welches ich nur furchtsam zu erwidern mich getraute, blickte Albin mich an. Dann machte er eine fragende Gebärde, die im Laufe einiger Sekunden sich so entschieden, beinahe drohend gestaltete, daß ich unbedingt etwas auf diese Gebärde antworten mußte. Ich rief daher: Ah! Ja – sie ist's! –

Die vazierende Göttin, sagte er mit sonorer Stimme, und ich hatte das Gefühl der Beschämung und Erlösung zugleich.

Ja, ja, bestätigte ich, die Göttin ohne Engagement ...

Da geht sie hin, sagte Albin, den Stempel des Genius

auf der Stirn, aber wer weiß es außer den Sehenden? Das Erkennen ist eine schwere Kunst, und die Welt ist blind!

Blind, blind! – rief ich erschüttert aus.

Vazierender Gott – phantasierte er fort –, mancher vaziert freilich so lange in tiefen Sphären umher, bis die letzte Spur seines herrlichen Wesens verlorengeht ...

Ja, sagte ich, und die wallenden Gewänder schleppen im Kote nach.

Weißt du, wandte er sich jetzt lebhaft an mich, daß auch der Gott der Bibel einmal nichts zu tun hatte?

Diese Bemerkung setzte mich in Erstaunen.

Er aber fuhr fort: Jetzt freilich hat er genug zu tun; aber was tat er denn, bevor er die Welt erschuf; vor den gewissen sechs Tagen, an deren letztem er den Vater unseres unglückseligen Geschlechts erschuf?

Bei diesen Worten nahm er Notizbuch und Bleistift, um dieses Aperçu rasch aufzunotieren. Es wird der Nachwelt erhalten bleiben.

Ich schaute durch das große Spiegelfenster auf die Straße, und meine Phantasie suchte in jedem harmlosen Bummler den vazierenden Gott zu entdecken. Die Leute sahen aber so gewöhnlich aus ... Vazierend erschien mir wohl der eine oder andere; aber nach dem Stempel der Göttlichkeit spähte ich vergebens.

Mit einem Male nahm Albin das Wort: Die Genies, denen die letzte Inspiration fehlt, sind es! Verstehe mich wohl! Die letzte Inspiration; denn wie diese käme, so könnten sie das Wunderbare, Vollendete schaffen, das sie zum Himmel emporträgt – als Götter, die ihre Heimat gefunden. Aber die Genies, an denen die Natur sozusagen die letzte Feile vergessen, die sie als Torso mitten auf den Markt der großen Geister warf und die nun mit dem Funken aus einer anderen Welt im Busen unter den Menschen umherwandeln – sie sind es! Das sind die vazierenden Götter!

Ich nickte beifällig mit dem Kopfe. Der Vergleich paßt im allgemeinen, sagte ich. Aber, setzte ich zögernd hinzu, sind es doch nicht eher diejenigen, welche eigentlich alles vollbringen könnten und denen nicht die letzte Inspiration fehlt, sondern, welche diese Inspiration vorübergehen lassen und mit allen ihren großartigen Plänen gemütlich weiterbummeln, ohne was Rechtes anzufangen, und sich genügen lassen im Bewußtsein ihrer himmlischen Würde? Sie mischen sich unter die Sterblichen und lassen sozusagen die Unsterblichkeit verfallen, auf die sie eine Anweisung in der Tasche tragen.

Albin hatte mit aufmerksam zugehört und lächelte. Ja, ja, sagte er ganz still vor sich hin; recht, recht... wir sind es!

Wir... Wir sind es?

Ein Blick von ihm belehrte mich, daß ich nicht im geringsten gemeint sei. Wir?... Er! –

Ich schaute Freund Albin an, und er mochte etwas wie Ehrfurcht in meinen Augen lesen.

Er stand auf, durchmaß mit großen Schritten den Saal des Kaffeehauses, nahm Hut und Rock vom Nagel. Ich verstand ihn.

Mit diesem Gefühl mischte er sich jetzt unter die Gewöhnlichen, unter die Tausende. Wortlos reichte er mir die Hand und ging dahin – wie ein vazierender Gott.

Der Witwer

Er versteckte es noch nicht ganz; so rasch ist es gekommen.

An zwei Sommertagen ist sie in der Villa krank gelegen, an zwei so schönen, daß die Fenster des Schlafzimmers, die auf den blühenden Garten sehen, immer offen stehen konnten; und am Abend des zweiten Tages ist sie gestorben, beinahe plötzlich, ohne daß man darauf gefaßt war. – Und heute hat man sie hinausgeführt, dort über die allmählich ansteigende Straße, die er jetzt vom Balkon aus, wo er auf seinem Lehnstuhl sitzt, bis zu ihrem Ende verfolgen kann, bis zu den niederen weißen Mauern, die den kleinen Friedhof umschließen, auf dem sie ruht.

Nun ist es Abend; die Straße, auf die vor wenig Stunden, als die schwarzen Wagen langsam hinaufrollten, die Sonne herabgebrannt hat, liegt im Schatten; und die weißen Friedhofsmauern glänzen nicht mehr.

Man hat ihn allein gelassen; er hat darum gebeten. Die Trauergäste sind alle in die Stadt zurückgefahren; die Großeltern haben auf seinen Wunsch auch das Kind mitgenommen, für die ersten paar Tage, die er allein sein will. Auch im Garten ist es ganz still; nur ab und zu hört er ein Flüstern von unten: die Dienstleute stehen unter dem Balkon und sprechen leise miteinander. Er fühlt sich jetzt müde, wie er es noch nie gewesen, und während ihm die Lider immer und immer von Neuem zufallen, – mit geschlossenen Augen sieht er die Straße wieder in der Sommerglut des Nachmittags, sieht die Wagen, die langsam hinaufrollen, die Menschen, die sich um ihn drängen, – selbst die Stimmen klingen ihm wieder im Ohr.

Beinah alle sind dagewesen, welche der Sommer nicht allzuweit fortgeführt hatte, alle sehr ergriffen von dem frühen und raschen Tod der jungen Frau, und sie haben milde Worte des Trostes zu ihm gesprochen. Selbst von entlegenen Orten sind manche gekommen, Leute, an die er gar nicht gedacht; und Manche, von denen er kaum die Namen kannte, haben ihm die Hand gedrückt. Nur der ist nicht dagewesen, nach dem er sich am meisten gesehnt, sein liebster Freund. Er ist freilich ziemlich weit fort – in einem Badeort an der Nordsee, und gewiß hat ihn die Todesnachricht zu spät getroffen, als daß er noch rechtzeitig hätte abreisen können. Er wird erst morgen da sein können.

Richard öffnet die Augen wieder. Die Straße liegt nun völlig im Abendschatten, nur die weißen Mauern schimmern noch durchs Dunkel, und das macht ihn schauern. Er steht auf, verläßt den Balkon und tritt ins angrenzende Zimmer. Es ist das seiner Frau – gewesen. Er hat nicht daran gedacht, wie er rasch hineingetreten ist; er kann auch in der Dunkelheit nichts mehr darin ausnehmen; nur ein vertrauter Duft weht ihm entgegen. Er zündet die blaue Kerze an, die auf dem Schreibtisch steht, und wie er nun das ganze Gemach in seiner Helle und Freundlichkeit zu überschauen vermag, da sinkt er auf den Diwan hin und weint.

Lange weint er; – wilde und gedankenlose Tränen, und wie er sich wieder erhebt, ist sein Kopf dumpf und schwer. Es flimmert ihm vor den Blicken, die Kerzenflamme auf dem Schreibtisch brennt trüb. Er will es lichter haben,

trocknet seine Augen und zündet alle sieben Kerzen des
Armleuchters an, der auf der kleinen Säule neben dem
Klavier steht. Und nun fließt Helle durchs ganze Gemach,
in alle Ecken, der zarte Goldgrund der Tapete glitzert,
und es sieht hier aus wie an manchem Abend, wenn er
hereingetreten ist und *sie* über einer Lektüre oder über
Briefen fand. Da hat sie aufgeschaut, sich lächelnd zu ihm
gewandt und seinen Kuß erwartet. – Und ihn schmerzt
die Gleichgültigkeit der Dinge um ihn, die weiter starr
sind und weiter glitzern, als wüßten sie nicht, daß sie nun
etwas Trauriges und Unheimliches geworden sind. So tief
wie in diesem Augenblick hat er es noch nicht gefühlt, wie
einsam er geworden ist; und so mächtig wie in diesem Augenblick hat er die Sehnsucht nach seinem Freunde noch
nicht empfunden. Und wie er sich nun vorstellt, daß der
bald kommen und liebe Worte zu ihm reden wird, da fühlt
er, daß doch auch für ihn das Schicksal noch etwas üb-
rig hat, das Trost bedeuten könnte. Wär' er nur endlich
da! … Er wird ja kommen, morgen früh wird er da sein.
Und da muß er auch lang bei ihm bleiben; viele Wochen
lang; er wird ihn nicht fortlassen, bevor es sein *muß*. Und
da werden sie beide im Garten spazierengehen und, wie
früher so oft, von tiefen und seltsamen Dingen sprechen,
die *über* dem Schicksal des gemeinen Tages sind. Und
abends werden sie auf dem Balkon sitzen wie früher, den
dunklen Himmel über sich, der so still und groß ist; werden da zusammen plaudern bis in die späte Nachtstunde,
wie sie es ja auch früher so oft getan, wenn *sie*, die in ihrem frischen und hastigen Wesen an ernsteren Gesprä-
chen wenig Gefallen fand, ihnen schon längst lächelnd
gute Nacht gesagt hatte, um auf ihr Zimmer zu gehn. Wie
oft haben ihn diese Gespräche über die Sorgen und Klein-

lichkeiten der Alltäglichkeit emporgehoben; – jetzt aber werden sie mehr, jetzt werden sie Wohltat, Rettung für ihn sein.

Immer noch geht Richard im Zimmer hin und her, bis ihn endlich der gleichmäßige Ton seiner eigenen Schritte zu stören anfängt. Da setzt er sich vor den kleinen Schreibtisch, auf dem die blaue Kerze steht, und betrachtet mit einer Art von Neugier die hübschen und zierlichen Dinge, die vor ihm liegen. Er hat sie doch eigentlich nie recht bemerkt, hat immer nur das Ganze gesehen. Die elfenbeinernen Federstiele, das schmale Papiermesser, das schlanke Petschaft mit dem Onyxgriff, die kleinen Schlüsselchen, welche eine Goldschnur zusammenhält; er nimmt sie nacheinander in die Hand, wendet sie hin und her und legt sie wieder sachte auf ihren Platz, als wären es wertvolle und gebrechliche Dinge. Dann öffnet er die mittlere Schreibtischlade und sieht da im offenen Karton das mattgraue Briefpapier liegen, auf dem sie zu schreiben pflegte, die kleinen Kuverts mit *ihrem* Monogramm, die schmalen, langen Visitenkarten mit *ihrem* Namen. Dann greift er mechanisch an die kleine Seitenlade, die versperrt ist. Er merkt es anfangs gar nicht, zieht nur immer wieder, ohne zu denken. Allmählich aber wird das gedankenlose Rütteln ihm bewußt, und er müht sich und *will* endlich öffnen und nimmt die kleinen Schlüssel zur Hand, die auf dem Schreibtisch liegen. Gleich der erste, den er versucht, paßt auch; die Lade ist offen. Und nun sieht er, von blauen Bändern sorgfältig zusammengehalten, die Briefe liegen, die er selbst an sie geschrieben. Gleich den, der oben liegt, erkennt er wieder. Es ist sein erster Brief an sie, noch aus der Zeit der Brautschaft. Und wie er die zärtliche Aufschrift liest, Worte, die wieder ein

trügerisches Leben in das verödete Gemach zaubern, da
atmet er schwer auf und spricht dann leise vor sich hin, immer wieder dasselbe: ein wirres, entsetzliches: Nein...
nein... nein...

Und er löst das Seidenband und läßt die Briefe zwischen
den Fingern gleiten. Abgerissene Worte fliegen vor ihm
vorüber, kaum hat er den Mut, einen der Briefe ganz zu lesen. Nur den letzten, der ein paar kurze Sätze enthält – daß
er erst spät abends aus der Stadt herauskommen werde –
daß er sich unsäglich freue, das liebe, süße Gesicht wiederzusehen –, den liest er sorgsam, Silbe für Silbe – und
wundert sich sehr; denn ihm ist, als hätte er diese zärtlichen Worte vor vielen Jahren geschrieben – nicht vor
einer Woche, und es ist doch nicht länger her.

Er zieht die Lade weiter heraus, zu sehen, ob er noch
was fände.

Noch einige Päckchen liegen da, alle mit blauen Sei-
denbändern umwunden, und unwillkürlich lächelt er
traurig. Da sind Briefe von ihrer Schwester, die in Paris
lebt – er hat sie immer gleich mit ihr lesen müssen; da sind
auch Briefe ihrer Mutter mit dieser eigentümlich männ-
lichen Schrift, über die er sich stets gewundert hat. Auch
Briefe mit Schriftzügen liegen da, die er nicht gleich
erkennt; er löst das Seidenband und sieht nach der Unterschrift – sie kommen von einer ihrer Freundinnen,
einer, die heute auch dagewesen ist, sehr blaß, sehr ver-
weint. – Und ganz hinten liegt noch ein Päckchen, das
er herausnimmt wie die anderen und betrachtet. – Was
für eine Schrift? Eine unbekannte. – Nein, keine unbekannte... Es ist Hugos Schrift. Und das erste Wort, das
Richard liest, noch bevor das blaue Seidenband herabge-
rissen ist, macht ihn für einen Augenblick erstarren... Mit

großen Augen schaut er um sich, ob denn im Zimmer noch alles ist, wie es gewesen, und schaut dann auf die Decke hinauf, und dann wieder auf die Briefe, die stumm vor ihm liegen und ihm doch in der nächsten Minute alles sagen sollen, was das erste Wort ahnen ließ ... Er will das Band entfernen – es ist ihm, als wehrte es sich, die Hände zittern ihm, und er reißt es endlich gewaltsam auseinander. Dann steht er auf. Er nimmt das Päckchen in beide Hände und geht zum Klavier hin, auf dessen glänzend schwarzen Deckel das Licht von den sieben Kerzen des Armleuchters fällt. Und mit beiden Händen auf das Klavier gestützt, liest er sie, die vielen kurzen Briefe mit der kleinen verschnörkelten Schrift, einen nach dem andern, nach jedem begierig, als wenn er der erste wäre. Und alle liest er sie, bis zum letzten, der aus jenem Orte an der Nordsee gekommen ist – vor ein paar Tagen. Er wirft ihn zu den übrigen und wühlt unter ihnen allen, als suche er noch etwas, als könne irgend was zwischen diesen Blättern aufflattern, das er noch nicht entdeckt, irgend etwas, das den Inhalt aller dieser Briefe zunichte machen und die Wahrheit, die ihm plötzlich geworden, zum Irrtume wandeln könnte ... Und wie endlich seine Hände innehalten, ist ihm, als wäre es nach einem ungeheuren Lärm mit einem Male ganz still geworden ... Noch hat er die Erinnerung aller jener Geräusche: wie die zierlichen Gerätschaften auf dem Schreibtisch klangen ... wie die Lade knarrte ... wie das Schloß klappte ... wie das Papier knitterte und rauschte ... den Ton seiner hastigen Schritte ... sein rasches, stöhnendes Atmen – nun aber ist kein Laut mehr im Gemach. Und er staunt nur, wie er das mit einem Schlage so völlig begreift, obwohl er doch nie daran gedacht. Er möchte es lieber so wenig verstehen wie den

Tod; er sehnt sich nach dem bebenden heißen Schmerz,
wie ihn das Unfaßliche bringt, und hat doch nur die Empfindung einer unsäglichen Klarheit, die in all seine Sinne
zu strömen scheint, so daß er die Dinge im Zimmer mit
schärferen Linien sieht als früher und die tiefe Stille zu
hören meint, die um ihn ist. Und langsam geht er zum Diwan hin, setzt ich nieder und sinnt ...

Was ist denn geschehen?

Es hat sich wieder einmal zugetragen, was alle Tage geschieht, und er ist einer von denen gewesen, über die
Manche lachen. Und er wird ja auch gewiß –, morgen oder
in wenigen Stunden schon – wird er all das Furchtbare
empfinden, das jeder Mensch in solchen Fällen empfinden muß ... er ahnt es ja, wie sie über ihn kommen wird,
die namenlose Wut, daß dieses Weib zu früh für seine Ra-
che gestorben; und wenn der andere wiederkehrt, so wird
er ihn mit diesen Händen niederschlagen wie einen
Hund. Ah, wie sehnt er sich nach diesen wilden und ehr-
lichen Gefühlen – und wie wohler wird ihm dann sein als
jetzt, da die Gedanken sich stumpf und schwer durch
seine Seele schleppen ...

Jetzt weiß er nur, daß er plötzlich alles verloren hat, daß
er sein Leben ganz von vorne beginnen muß wie ein Kind;
denn er kann ja von seinen Erinnerungen keine mehr
brauchen. Er müßte jeder erst die Maske herunterreißen,
mit der sie ihn genarrt. Denn er hat nichts gesehen, gar
nichts, hat geglaubt und vertraut, und der beste Freund,
wie in der Komödie, hat ihn betrogen ... Wäre es nur der,
gerade der nicht gewesen! Er weiß es ja und hat es ja selbst
erfahren, daß es Wallungen des Blutes gibt, die ihre Wel-
len kaum bis in die Seele treiben, und es ist ihm, als wenn
er der Toten alles verzeihen könnte, was *sie* wieder rasch

vergessen hätte, irgend wen, den *er* nicht gekannt, irgend-
einen, der ihm wenigstens nichts *bedeutet* hätte – nur diesen nicht, den er so lieb gehabt wie keinen anderen Menschen und mit dem ihn ja mehr verbindet, als ihn je mit
seinem eigenen Weib verbunden, die ihm niemals auf den
dunkleren Pfaden seines Geistes gefolgt ist; die ihm Lust
und Behagen, aber nie die tiefe Freude des Verstehens gegeben. Und hat er es denn nicht immer gewußt, daß die
Frauen leere und verlogene Geschöpfe sind, und ist es
ihm denn nie in den Sinn gekommen, daß sein Weib ein
Weib ist, wie alle anderen, leer, verlogen und mit der Lust,
zu verführen? Und hat er denn nie gedacht, daß sein
Freund den Weibern gegenüber, so hoch er sonst gestanden sein mag, ein Mann ist wie andere Männer und dem
Rausch eines Augenblicks erliegen konnte? Und verraten
es nicht manche scheuen Worte dieser glühenden und zitternden Briefe, daß er anfangs mit sich gekämpft, daß er
versucht hat, sich loszureißen, daß er endlich dieses Weib
angebetet und daß er gelitten hat? ... Unheimlich ist es
ihm beinahe, wie ihm alles das so klar wird, als stünde ein
Fremder da, ihm's zu erzählen. Und er kann nicht rasen,
so sehr er sich danach sehnt; er *versteht* es einfach, wie er es
eben immer bei anderen verstanden hat. Und wie er nun
daran denkt, daß seine Frau da draußen liegt, auf dem stillen Friedhof, da weiß er auch, daß er sie nie wird hassen können und daß aller kindische Zorn, selbst wenn er
noch über die weißen Mauern hinflattern könnte, doch
auf dem Grabe selbst mit lahmen Flügeln hinsinken
würde. Und er erkennt, wie manches Wort, das sich küm-
merlich als Phrase fristet, in einem grellen Augenblicke
seine ewige Wahrheit zu erkennen gibt, denn plötzlich
geht ihm der tiefe Sinn eines Wortes auf, das ihm früher

schal geklungen: Der Tod versöhnt. Und er weiß es: wenn
er jetzt mit einem Male jenem anderen gegenüberstände,
er würde nicht nach gewaltigen und strafenden Worten
suchen, die ihm wie eine lächerliche Wichtigtuerei irdi-
scher Kleinlichkeit der Hoheit des Todes gegenüber erschienen – nein, er würde ihm ruhig sagen: Geh, ich hasse
dich nicht.

Er *kann* ihn nicht hassen, er sieht zu klar. So tief kann er
in andere Seelen schauen, daß es ihn beinahe befremdet.
Es ist, als wäre es gar nicht mehr sein Erlebnis – er fühlt es
als einen zufälligen Umstand, daß diese Geschichte gerade ihm begegnet ist. Er kann eigentlich nur eines nicht
verstehen: daß er es nicht immer, nicht gleich von Anfang
an gewußt und – begriffen hat. Es war alles so einfach, so
selbstverständlich, und aus denselben Gründen kommend
wie in tausend anderen Fällen. Er erinnert sich seiner
Frau, wie er sie im ersten, zweiten Jahre seiner Ehe gekannt, dieses zärtlichen, beinahe wilden Geschöpfes, das
ihm damals mehr eine Geliebte gewesen ist als eine Gattin. Und hat er denn wirklich geglaubt, daß dieses blü-
hende und verlangende Wesen, weil über *ihn* die gedankenlose Müdigkeit der Ehe kam – eine andere geworden
ist? Hat er diese Flammen für plötzlich erloschen gehalten, weil *er* sich nicht mehr nach ihnen sehnte? Und daß es
gerade – *Jener* war, der ihr gefiel, war das etwa verwunderlich? Wie oft, wenn er seinem jüngeren Freunde gegenübersaß, der trotz seiner dreißig Jahre noch die Frische
und Weichheit des Jünglings in den Zügen und in der
Stimme hatte – wie oft ist es ihm da durch den Sinn
gefahren: Der muß den Weibern wohl gefallen können ...
Und nun erinnert er sich auch, wie im vorigen Jahre gerade damals, als ... es begonnen haben mußte, wie Hugo

damals eine ganze Zeit hindurch ihn seltener besuchen kam als sonst ... Und er, der richtige Ehemann, hat es ihm damals gesagt: Warum kommst du denn nicht mehr zu uns? Und hat ihn selbst manchmal aus dem Büro abgeholt, hat ihn mit herausgenommen aufs Land, und wenn er fort wollte, hat er selbst ihn zurückgehalten mit freundschaftlich scheltenden Worten. Und niemals hat er was bemerkt, nie das geringste geahnt. Hat er denn die Blicke der beiden nicht gesehen, die sich feucht und heiß begegneten? Hat er das Beben ihrer Stimmen nicht belauscht, wenn sie zueinander redeten? Hat er das bange Schweigen nicht zu deuten gewußt, das zuweilen über ihnen war, wenn sie in den Alleen des Gartens hin und her spazierten? Und hat er denn nicht bemerkt, wie Hugo oft zerstreut, launisch und traurig gewesen ist – seit jenen Sommertagen des vorigen Jahres, in denen ... es begonnen hat? Ja, das hat er bemerkt, und hat sich auch wohl zuweilen gedacht: Es sind Weibergeschichten, die ihn quälen – und sich gefreut, wenn er den Freund in ernste Gespräche ziehen und über diese kleinlichen Leiden erheben konnte ... Und jetzt, wie er dieses ganze vergangene Jahr rasch an sich vorübergleiten läßt, merkt er nicht mit einem Mal, daß die frühere Heiterkeit des Freundes nie wieder ganz zurückgekommen ist, daß er sich nur allmählich daran gewöhnt hatte, wie an alles, was allmählich kommt und nicht mehr schwindet? ...

Und ein seltsames Gefühl quillt in seiner Seele empor, das er sich anfangs kaum zu begreifen traut, eine tiefe Milde – ein großes Mitleid für diesen Mann, über den eine elende Leidenschaft wie ein Schicksal hereingebrochen ist; der in diesem Augenblick vielleicht, nein, gewiß, mehr leidet als er; für diesen Mann, dem ja ein Weib gestorben, die er geliebt hat, und der vor einen Freund treten soll, den er betrogen.

Und er kann ihn nicht hassen; denn er hat ihn noch lieb. Er weiß ja, daß es anders wäre, wenn – *sie* noch lebte. Da wäre auch diese Schuld etwas, das von *ihrem* Dasein und Lächeln den Schein des Wichtigen liehe. Nun aber verschlingt dieses unerbittliche Zuendesein alles, was an jenem erbärmlichen Abenteuer bedeutungsvoll erscheinen wollte.

In die tiefe Stille des Gemachs zieht ein leises Beben ... Schritte auf der Treppe. – Er lauscht atemlos; er hört das Schlagen seines Pulses.

Draußen geht die Tür.

Einen Augenblick ist ihm, als stürze alles wieder hin, was er in seiner Seele aufgebaut; aber im nächsten steht es wieder fest. – Und er weiß, was er ihm sagen wird, wenn er hereintritt: Ich hab' es verstanden – bleib!

Eine Stimme draußen, die Stimme des Freundes.

Und plötzlich fährt ihm durch den Kopf, daß dieser Mann jetzt, ein Ahnungsloser, da hereintreten wird, daß er selbst es ihm erst wird sagen müssen ...

Und er möchte sich vom Diwan erheben, die Tür verschließen – denn er fühlt, daß er keine Silbe wird sprechen können. Und er kann sich ja nicht einmal bewegen, er ist wie erstarrt. Er wird ihm nichts, kein Wort wird er ihm heute sagen, morgen erst ... morgen ...

Es flüstert draußen. Richard kann die leise Frage verstehen: »Ist er allein?«

Er wird ihm nichts, kein Wort wird er ihm heute sagen; morgen erst – oder später ...

Die Tür öffnet sich, der Freund ist da. Er ist sehr blaß und bleibt eine Weile stehen, als müßte er sich sammeln, dann eilt er auf Richard zu und setzt sich neben ihn auf den Diwan, nimmt seine beiden Hände, drückt sie fest, – will sprechen, doch versagt ihm die Stimme.

Richard sieht ihn starr an, läßt ihm seine Hände. So sitzen sie eine ganze Weile stumm da.

Mein armer Freund, sagt endlich Hugo ganz leise.

Richard nickt nur mit dem Kopf, er kann nicht reden. Wenn er ein Wort herausbrächte, könnte er ihm doch nur sagen: Ich weiß es …

Nach ein paar Sekunden beginnt Hugo von neuem: Ich wollte schon heute früh da sein. Aber ich habe dein Telegramm erst spät abends gefunden, als ich nach Hause kam.

Ich dachte es, erwidert Richard und wundert sich selbst, wie laut und ruhig er spricht. Er schaut dem andern tief in die Augen … Und plötzlich fällt ihm ein, daß dort auf dem Klavier – die Briefe liegen. Hugo braucht nur aufzustehen, ein paar Schritte zu machen – und sieht sie … und weiß alles. Unwillkürlich faßt Richard die Hände des Freundes – das darf noch nicht sein; *er* ist es, der vor der Entdeckung zittert.

Und wieder beginnt Hugo zu sprechen. Mit leisen, zarten Worten, in denen er es vermeidet, den Namen der Toten auszusprechen, fragt er nach ihrer Krankheit, nach ihrem Sterben. Und Richard antwortet. Er wundert sich anfangs, daß er das kann; daß er die widerlichen und gewöhnlichen Worte für all das Traurige der letzten Tage findet. Und ab und zu streift sein Blick das Gesicht des Freundes, der blaß, mit zuckenden Lippen lauscht.

Wie Richard innehält, schüttelt der andere den Kopf, als hätte er Unbegreifliches, Unmögliches vernommen. Dann sagt er: Es war mir furchtbar, heute nicht bei dir sein zu können. Das war wie ein Verhängnis.

Richard sieht ihn fragend an.

Gerade an jenem Tag ... in derselben Stunde waren wir auf dem Meer.

Ja, ja ...

Es gibt keine Ahnungen! Wir sind gesegelt, und der Wind war gut, und wir waren so lustig ... Entsetzlich, entsetzlich.

Richard schweigt.

Du wirst doch aber jetzt nicht hier bleiben, nicht wahr?

Richard schaut auf. Warum?

Nein, nein, du darfst nicht.

Wohin soll ich denn gehn? ... Ich denke, du bleibst jetzt bei mir? ... Und eine Angst überfällt ihn, daß Hugo wieder weggehen könnte, ohne zu wissen, was geschehen.

Nein, erwiderte der Freund, ich nehme dich mit, du fährst mit mir weg.

Ich mit dir?

Ja ... Und das sagt er mit einem milden Lächeln.

Wohin willst du denn?

Zurück! ...

Wieder an die Nordsee?

Ja, und mit dir. Es wird dir wohltun. Ich lasse dich ja gar nicht hier, nein! ... Und er zieht ihn wie zu einer Umarmung an ich ... Du mußt zu uns! ...

Zu uns? ...

Ja.

Was bedeutet das »zu uns«? Bist du nicht allein?

Hugo lächelt verlegen: Gewiß bin ich allein ...

Du sagst »uns« ...

Hugo zögert eine Weile. Ich wollte es dir nicht gleich mitteilen, sagt er dann.

Was? ...

Das Leben ist so sonderbar – ich habe mich nämlich verlobt ...

Richard schaut ihn starr an ...

Darum meint' ich: »Zu uns« ... Darum geh' ich auch wieder an die Nordsee zurück, und du sollst mit mir fahren. – Ja? Und er sieht ihm mit hellen Augen ins Gesicht.

Richard lächelt. Gefährliches Klima an der Nordsee.

Wieso?

So rasch, so rasch! Und er schüttelt den Kopf.

Nein, mein Lieber, erwidert der andere, nicht eben rasch. Es ist eigentlich eine alte Geschichte.

Richard lächelt noch immer. Wie? ... eine alte Geschichte?

Ja.

Du kennst deine Braut von früher her? ...

Ja, seit diesem Winter. Und hast sie lieb? ...

Seit ich sie kenne, erwidert Hugo und blickt vor sich hin, als kämen ihm schöne Erinnerungen.

Da steht Richard plötzlich auf, mit einer so heftigen Bewegung, daß Hugo zusammenfährt und zu ihm aufschaut. Und da sieht er, wie zwei große fremde Augen auf ihm ruhen, und sieht ein blasses, zuckendes Gesicht über sich, das er kaum zu kennen glaubt. Und wie er angstvoll sich erhebt, hört er, wie von einer fremden, fernen Stimme, kurze Worte zwischen den Zähnen hervorgepreßt: »Ich weiß es.« Und er fühlt sich an beiden Händen gepackt und zum Klavier hingezerrt, daß der Armleuchter auf der Säule zittert. Und dann läßt Richard seine Arme los und fährt mit beiden Händen unter die Briefe, die auf dem schwarzen Deckel liegen, und wühlt, und läßt sie hin und her fliegen ...

Schurke! schreit er, und wirft ihm die Blätter ins Gesicht.

Ein Erfolg

Engelbert Friedmaier, der Sicherheitswachmann Numero siebzehntausendneunhundertzwölf, stand auf Posten zwischen der Kaiser Josef- und Taborstraße und dachte über sein verfehltes Leben nach. Drei Jahre waren verflossen, seit er als Feldwebel seinen Abschied vom Militär genommen und in das Korps der Sicherheitswache eingetreten war, voll der edelsten Begeisterung für seinen neuen Beruf, von glühendem Eifer erfüllt, für die Ordnung und Sicherheit in der Stadt zu sorgen; ein geliebtes Mädchen, die Tochter des Greißlers Anton Wessely, harrte darauf, von ihm als Gattin heimgeführt zu werden; aber Engelberts Aussichten auf Beförderung waren trüb, ja verzweifelt. Denn diese drei Jahre waren vergangen, ohne daß ihm ein einziger Erfolg geblüht hatte. Ein solcher Fall hatte sich nicht ereignet, seit eine Sicherheitswache in Wien bestand. Engelberts Vorgesetzte hegten Mißtrauen gegen seinen guten Willen, die Kameraden hatten keine Achtung mehr vor ihm, und Kathi, die früher sein Trost in trüben Stunden gewesen war, begann ihn aufs bitterste zu verspotten. Dabei fühlte er sich frei von Schuld. Er hatte kein Glück. Auf tausend Schritt in seinem Umkreis schwiegen alle bösen Triebe. Auf belebten Straßenkreuzungen war er gestanden, wo sonst Dutzende von Kutschern wegen Schnellfahrens, ja günstigenfalls selbst wegen Überfahrens angehalten wurden; er hatte in Feiertagsnächten in der Vorstadt vor verrufenen Lokalen Dienst getan, aus deren Türe schon manche mit dem Ruf herausgestürzt waren: »Ich bin gestochen!« ... Ja, er war sogar einmal in eine Straße versetzt worden, wo das Radfahren verboten und wo es seinem Vorgänger gelungen war, an einem berühmt gewordenen Tage siebenundsechzig Zyklisten aufs Kommissariat zu führen – sobald Engelbert Friedmaier den verantwortungsvollen Posten bezog, war alles anders geworden. Die unruhigsten Traber verfielen in einen sanften Schritt, die berüchtigtsten Strizzis gingen friedlich ihres Weges, und die wildesten Radfahrer, die Engelbert klopfenden Herzens von ferne der verbotenen Straße zustürzen sah, stiegen besonnen ab und führten ihr Rad bis zur nächsten Ecke. Engelbert mußte stumm zusehen, wie alle Verordnungen unverletzt und die gesamte Sicherheit ungefährdet blieb. Auch andere kleine Genugtuungen, wie sie seine Kollegen manchmal erlebten, waren ihm stets versagt geblieben. Nie hatte er an einem Fenster eine junge Dame in allzu morgendlicher Toilette erspäht, nie kam es einer Freudenbummlerin der Straße in den Sinn, sich in seiner Nähe ungebührlich zu benehmen, nie fuhr ein Fiaker mit verdächtig geschlossenen Jalousien an ihm vorbei, nie war es ihm beschieden, nachts auf einem Streifzug durch öffentliche Gärten ein allzu verliebtes Paar zu überraschen. Und auch die großen Anlässe, bei denen so viele seiner Kameraden unvergängliche Lorbeeren pflückten, gingen für ihn klanglos vorüber. Er war einer von den Auserwählten gewesen, die vor dem Parlament standen, als die Sozialistenhorden johlend vorbeizogen, und angestrengt hatte er gelauscht, ob nicht einer von ihnen einen hochverräterischen Ruf oder gar eine Beschimpfung des allverehrten Bürgermeisters auszustoßen wagte ... In seiner Nähe verstummten alle, wie von einem

guten oder bösen Geist gewarnt. – Ein anderes Mal stand
er auf dem Ring unter denen, die beim Einzug eines ge-
krönten Hauptes Spalier bildeten. Er mußte es mit ansehen, wie zehn Schritte weiter von ihm ein jüngerer Kol-
lege einen harmlosen Spaziergänger, der taub war und
keine Ahnung hatte, was man von ihm wollte, wegen Wi-
dersetzlichkeit verhaftete – und hinter Engelbert standen
die Leute stundenlang wie eine Mauer, drängten nicht,
und keiner brach aus der Reihe.

Aber das Schlimmste geschah ihm einmal, als er sich
seinem Ziele nahe glaubte; denn gerade da hatte sich der
erträumte Erfolg in die bitterste Enttäuschung verwan-
delt. Es war ein schöner Nachmittag gewesen, wie heute,
und Engelbert stand auf Posten in der Rotenturmstraße,
als er von weitem einen eleganten Herrn herankommen
sah, der ein kleines Mädchen an der Hand führte. Die
Kleine schien müde zu sein, der elegante Herr schleppte
sie weiter. Sie stürzte zusammen; der elegante Herr riß sie
vom Boden auf; die Kleine weinte, schrie, der elegante
Herr schimpfte so laut, daß Engelbert die Worte verstand,
die von vielversprechender Unflätigkeit waren. Das Mädchen jammerte: »Mein lieber guter Papa, ich bin ja so
müd!« und sank auf die Knie; der elegante Herr hob seinen Stock und schlug das Mädchen auf den Kopf, daß es
wie tot zusammensank. Leute liefen herbei, Engelbert
eilte strahlenden Auges herzu. Der Fall war besonders
glücklich: es war eben die Zeit, da Kindermißhandlungen
im Vordergrund des Interesses standen; mit einem Schlage konnte er jetzt der Mann des Tages werden. Was gingen
ihn Taxüberschreitungen, kleine Stichverletzungen an?
Hier war hoffentlich ein Mord an einem wehrlosen Kinde
geschehen, und er war in der Lage einzuschreiten. Mit ge-

walttätiger Würde bahnte er sich den Weg durch die ange-
staute Menge ... Aber was sollte er hier erblicken? Die
Leute, die er erschüttert zu finden dachte, lachten, der
elegante Herr sagte: »Ich erlaube mir, die Herrschaften zu
meinem heute abend in den Blumensälen stattfindenden
Debüt einzuladen«, und auf dem Boden – lag eine höl-
zerne Puppe. Noch wollte Engelbert die Sache nicht verloren geben: es konnte sich vielleicht um ein besonders raf-
finiertes Verbrechen handeln, indem der Mörder das tote
Kind als Puppe und sich als Bauchredner ausgab. Aber als
Engelbert sich auf ein Knie niederließ und einem höl-
zernen Kind in die gläsernen Augen starrte, stieg die Heiterkeit aufs höchste. Noch winkte die Möglichkeit, den
Bauchredner wegen öffentlichen Mutwillens aufs Kommissariat zu bringen, aber in diesem Augenblick waren
zwei Kavallerieoffiziere herbeigetreten und ließen sich
wohlgelaunt mit dem Artisten in eine Unterhaltung ein. –
Engelbert erkannte in dem einen der Offiziere mit Schrek-
ken einen Erzherzog, fühlte, daß hier nichts mehr für ihn
zu holen war, und schlich davon.

Von diesem Tage an zweifelte Engelbert Friedmaier
nicht mehr, daß ihn ein tückisches Verhängnis verfolge.
Nicht ohne Neid sah er auf manche seiner Kameraden,
die strenger waren als die Verordnungen und empfind-
licher als die Gesetze, und dumpfe Verlockung erwachte
in ihm, diesen Ernsthaftstrebenden nachzueifern. Immer
stärker empfand er die beispiellose Ordnung und Sittlichkeit rings um sich, wie einen gegen ihn persönlich gerich-
teten Hohn, und die ganze Menschheit seines Bezirkes erschien ihm als eine Bande von Verschworenen, die mit
ihrer Anständigkeit nichts anderes bezweckten, als ihn zugrunde zu richten.

So stand er auch heute auf seinem Posten mit dem gramvollen Bewußtsein seiner Überflüssigkeit und Lächerlichkeit. – Der Abend nahte, verspätete Spaziergänger nahmen
den Weg zum Prater, aus dem verworren der Sonntagslärm
zu ihm herüberdrang. Engelbert schritt auf und ab, auf
und ab. Manchmal blieb er stehen, sah die Straßen entlang, ließ seine Blicke zum Nordwestbahnhof... zum Pra-
terstern schweifen – und dann ging er auf und ab, auf und
ab. Mit einem Male gewahrte er eine bekannte Gestalt, die
von der Taborstraße aus immer näher schritt. Es war Katharina, in einem blauen, weißgetupften Foulardkleid mit
einem kleinen weißen Strohhut und einem roten Sonnenschirm; immer näher kam sie heran, und Engelbert sah sie
lächeln. Sie wußte, daß er hier auf Posten stand... wollte
sie ihn besuchen? Er wagte es kaum zu hoffen, denn sie
war in der letzten Zeit gar nicht liebenswürdig, machte
sich sogar häufig über ihn lustig. Sie kam auf ihn zu. Jetzt
merkte er auch, daß etwa zehn Schritte hinter ihr ein junger Mann in einem lichtgrauen Anzug, eine Zigarette im
Mund und einen Spazierstock zwischen den Fingern dre-
hend, einherspaziert kam, was übrigens auch ein Zufall
sein konnte.

Engelbert, der eben mitten auf der Straße stand, näherte
sich dem Trottoir, Katharina blieb vor ihm stehen und
sagte, immer mit dem gleichen Lächeln: »Herr Sicherheitswachmann, ich bitt' recht schön, wo ist denn da der
Prater?«

»Kathi«, rief er aus, »Kathi, kommst du wirklich zu mir?«

»Aber was fallt Ihnen denn ein, Herr Sicherheitswachmann... das wär' doch nicht erlaubt! Sie sind ja jetzt im
Dienst! Ich komm' nur fragen, wo man da am schnellsten
in' Prater kommt.«

Der junge Herr mit dem grauen Anzug und dem Spazierstock war auf dem gegenüberliegenden Trottoir stehen geblieben. Es war auch möglich, daß er auf eine Tramway wartete.

»Kathi«, sagte Engelbert, »schau, es ist ja so lieb von dir...«

»Was ist denn lieb von mir? Ich hätt' auch ein' andern fragen können, aber weil ich zufällig da vorübergeh' und weil ich sonst vor den Wachleuten so viel Respekt hab' und weil Sie gar so freundlich ausseh'n ... Ja wirklich, Ihnen sieht man doch gleich an, daß Sie noch keinem was 'tan hab'n.«

Um Engelberts Mundwinkel zitterte es leicht. Was wollte sie von ihm? War sie nur hergekommen, um ihn wieder zu quälen? – Eben fuhr eine Pferdebahn vorbei, der graue junge Herr stieg nicht ein. Aber er hatte vielleicht in der anderen Richtung zu tun.

»Warum reden Sie denn nicht, Herr Kommissär?« fragte Katharina weiter. »Sind Sie nicht laut Instruktion verpflichtet, den Parteien auf ihre Anfragen in höflicher Form Auskunft zu erteilen?«

»Kathi, ich bitt' dich, frozzel' mich nicht! Schau, ich halt's nimmer aus!«

»Ja«, sagte Katharina, indem sie sich auf die Fußspitzen stellte und gleich wieder fallen ließ, »so muß ich halt einen andern fragen. Ich hab' die Ehre, Herr...« – »Kathi!«

»Was is denn? Schau'n S' mich doch nicht so bös an, sonst krieg' ich wirklich eine Angst.«

Eine Trambahn fuhr vorbei – in der entgegengesetzten Richtung; der junge Herr stieg nicht ein. Wie festgewurzelt stand er drüben und drehte den Spazierstock. – »Kathi, es geht dir einer nach!«

»Is's wahr?« Sie wandte den Kopf nach der anderen Seite
und betrachtete den jungen Herrn mit einem durchaus
nicht unfreundlichen Blick. Der junge Herr schaute offenbar irgendeinem Gegenstand nach, der eben durch die
Luft langsam zum Himmel emporflog; vielleicht war es eine
Schwalbe, vielleicht eine Fliege, vielleicht ein Luftballon ...
jedenfalls konnte Engelbert nichts von alldem sehen.

»Arretieren S' ihn doch, Herr Sicherheitswachmann ...
wegen ... Warten S', wenn wir mehr Praxis hätten, wüßten
wir bald, wegen was ... Halt, ich hab's schon! ... wegen
boshafter Beschädigung fremden Eigentums! ... Also, ge-
horsamster Diener, Herr Kommissär, ich werd' schon selber in' Prater finden!« – »Kathi!« – »Was denn?« – »Du
willst fortgehn?«

»Ja, meinen Sie, ich komm' daher, um Sie in der Wach-
samkeit zu stören? Das ging' Ihnen grad noch ab! Adieu!«

Sie entfernte sich von ihm. Er folgte ihr. »Kathi!« rief er,
»du bleibst! du bleibst!« – Sie wandte sich um und sah ihn
mit großen Augen an.

»Bitt' dich, Kathi, bleib da. So darfst du nicht fortgeh'n.
Sag mir, wenigstens ...« – »Was denn?«

»Daß du mich noch gern hast ... ich bitt' dich, Kathi!«

»O nein! da hab' ich eine viel zu große Hochachtung
vorm Dienst ... Alsdann auf Wiedersehn – ich geh' in' Prater!« – »Kathi, ist das dein Ernst?«

»Ich werd' mir doch nicht erlauben, mit einem Sicherheitswachmann im Dienst zu spaßen! Freilich ist es mein
Ernst! Ich geh' jetzt zum Ringelspiel, dann geh' ich zum
Präuscher, dann geh' ich auf die Rutschbahn, dann geh'
ich in die verhexte Hutschen, dann schau' ich mir 'n Wur-
stel an ... Wissen S', Herr Kommissär, einen anderen ...« –
»Kathi!«

Er bebte bis in die Fingerspitzen. Der junge Herr gegenüber lehnte am Laternenpfahl und betrachtete seine Schuhe. Kathi nickte ein paarmal mit dem Kopf wie zum Abschied und wandte sich zum Gehen. Engelbert faßte ihre Hand. Kathi starrte ihn an.

»Was fällt dir denn ein?« fragte sie plötzlich ganz ernst.

»Kathi, ich erlaub's nicht! Verstanden? ... Ich erlaub's nicht, daß du in' Prater gehst! Am nächsten Sonntag bin ich dienstfrei, da gehen wir miteinander hin.«

»Aber freilich, dir werden's grad dienstfrei geben! Als ob sie auf dich einen Tag verzichten könnten ... da ging' ja alles drunter und drüber in Wien, da gäb's ja gar keine Ordnung mehr, da möchten sich ja die Leut schon alles erlauben, wenn sie wüßten, daß der Engelbert Friedmaier dienstfrei is' ... Grüß dich Gott, Engelbert. Im Nachhausegehn schau' ich wieder vorüber, vielleicht bist du unterdessen befördert worden. Servus!«

»Kathi, du gehst nicht in' Prater, oder es geschieht ein Unglück!«

»So laß mich doch aus!« – »Kathi!« sagte er ganz heiser, »wenn du in' Prater gehst, is' es aus – verstehst mich?«

»Is 's wahr, versprichst mir das? Nachher geh' ich aber gleich!« Sie ging. Engelbert blieb einen Augenblick wie gelähmt stehen. Jetzt sah er, wie der junge Herr gegenüber aus seinen Träumen erwachte und, ganz harmlos mit dem Spazierstock schlenkernd, die gleiche Richtung einschlug wie Kathi. In der nächsten Sekunde war Engelbert wieder bei Kathi und faßte ihren Arm ... Sie schrie leise auf. »Ja, aber sag mir einmal, hast d' was' trunken?«

»Da bleibst!« Er sprach es ganz tonlos, das Weiße seiner Augen wurde rot. – »Laß mich!« sagte Kathi. »Gleich laßt

d' mich aus! So was is' mir mein Lebtag noch nicht vorgekommen!«

Er ließ ihren Arm los. »Ich bitt' dich ein letztes Mal . . .«
»Ob's d' an Ruh gibst? Aus is', ich geh' in' Prater!« – »Kathi!« – »Du bist ein Aff'!« – »Kathi . . . was hast d' g'sagt?«

Sie sah ihn frech an und wiederholte: »Daß du ein Aff'
bist!«

Engelbert starrte auf die halb geöffneten Lippen, denen diese Worte entflohen waren. Einen Augenblick war
er daran, ihr zu erwidern, die Finger zuckten ihm, und alles schwamm ihm vor den Augen, so daß die Gestalt Kathis
sich wie in einen sonderbaren Nebel auflöste und der
junge Herr in der Luft zu tanzen schien. Doch im nächsten Augenblick sah er völlig klar, klarer als je vorher, und
eine ihm selbst unbegreifliche Ruhe kam über ihn. Er war
nicht mehr Engelbert, der Liebhaber. Er war ein Wachmann im Dienst, und vor ihm stand nicht mehr seine an-
gebetete Braut, sondern eine Frauensperson, die ihn beleidigt hatte. Ein irres, aber bedeutendes Lächeln glitt
über seine Züge, und mit einer ganz veränderten festen,
lauten Stimme, wie sie nie jemand von ihm vernommen,
sprach er, indem er dem Mädchen die Hand auf die Schulter legte: »Sie sind verhaftet im Namen des Gesetzes!«

Kathi sah ihn groß an und wußte anfangs nicht, ob sie
lachen oder sich ärgern sollte; aber sein Blick und der
Klang seiner Rede waren so bestimmt, daß sie an seinem
Ernst nicht zweifeln durfte.

»Engelbert, bist du . . .« – »Es gibt kein' Engelbert
mehr . . . ich bin der Herr Sicherheitswachmann!« – Einige Passanten waren stehengeblieben.

»Engelbert«, sagte Kathi leise und sah ihn flehend an.

»Fräulein folgen mir sofort aufs Kommissariat, dort

wird man Ihnen lernen, Fräulein, daß ein Sicherheitswachmann kein Aff' ist!«

Andere Spaziergänger blieben stehen. Einer hatte Engelberts Worte gehört und teilte sie den Umstehenden
mit; das Staunen in der Runde war grenzenlos.

»Keine Ansammlung!« sagte Engelbert, indem er sich
hoheitsvoll an die Umstehenden wandte. »Ich ersuche,
sich sofort zu zerstreuen. Bitte, mir zu folgen, mein Fräulein!«

Kathi starrte ihn an... sie wußte noch immer nicht,
woran sie war.

»Na wird's, Fräulein?« sagte Engelbert. »Vorwärts!«

Mit einer Handbewegung, gegen die es keinen Wider-
spruch gab, befahl er ihr zu gehen. Die anderen Leute waren abseits getreten und betrachteten die Arretierung des
hübschen Mädchens von fern mit ehrerbietiger Scheu.

»Warum arretieren Sie diese Dame?« fragte plötzlich jemand hinter Engelbert. Engelbert sah sich, aufs höchste
überrascht, um. Der diese Worte gesprochen, war natürlich der junge Herr im grauen Anzug.

»Was?« fragte Engelbert in einem Ton, der berechtigte
Zweifel an dem Verstande des Angeredeten verriet.

»Warum Sie diese Dame arretieren?« wiederholte der
junge Herr, indem er Engelbert unsäglich frech anschaute. In Kathis Antlitz drückte sich mindestens eine gewisse
Dankbarkeit aus. Engelbert fühlte, daß er nicht auf hal-
bem Wege stehenbleiben konnte.

»Sie kommen auch mit!« rief er aus. »Ich verhafte Sie
im Namen des Gesetzes.« – »Ich komme sehr gern mit, lieber Herr Wachmann«, sagte der junge Herr lächelnd.

»Ich bin nicht Ihr lieber Herr Wachmann! Vorwärts!«

»Entschuldigen schon«, sagte der junge Herr, »das kön-

nen Sie nicht entscheiden; ich finde, daß Sie ein lieber
Herr Wachmann sind.«

»Schweigen Sie, und folgen Sie mir! Ich bitte doch, sich
zu zerstreuen«, wandte er sich an die Menge, die wieder
nähergekommen war. »Hier ist ja kein Theater!«

Er ging in der Mitte der Fahrstraße, rechts von ihm
Kathi, links der junge Herr. – Ja, nun war es geschehen,
nun mußte es vorbei sein mit dem Spott der Kameraden,
mit dem Mißtrauen der Vorgesetzten, mit dem Hohn der
Geliebten ... ja, auch damit! auch damit! Es war wohl
auch mit allem anderen vorbei ... Aber das war gleichgültig, das ging ihn nichts an, das durfte ihn nichts ange-
hen.

Die zwei Verhafteten neben ihm hatten zu sprechen
begonnen; er versuchte nicht darauf zu hören, aber es gelang ihm nicht. Der junge Mann sagte: »Fräulein, ich bedaure wirklich sehr, daß ihr Spaziergang eine so unlieb-
same Unterbrechung erfahren hat.«

Kathi antwortete: »O bitte sehr, mir is' so leid, daß Sie
wegen meiner, wegen einer ganz fremden Person ...«

»Ich bitte, Fräulein, selbst wenn ich Ihretwegen viele
Jahre schweren Kerker bekommen sollte, es wäre mir nur
ein Vergnügen.«

Engelbert mußte dies alles hören und schweigend in
ihrer Mitte gehen. Ohne die Gefangenen anzusehen,
fühlte er, daß die Blicke der beiden einander noch mehr
sagten als ihre Worte; fühlte, wie sich zwischen den beiden, die ein gemeinsames Schicksal aneinanderschmie-
dete, immer stärkere Beziehungen knüpften, gegen die er
machtlos war. Kathi ging so nah neben ihm, daß ihr Kleid
ihn streifte. Sie nahten sich dem Kommissariat. Als er das
wohlbekannte Haus von ferne sah, fuhr ihm ein verführe-

rischer Gedanke durch den Sinn. Wenn er der ganzen Sache ein Ende machte? Wenn er die beiden frei ließe und Kathi um Verzeihung bäte ...?

Aber er wies diese unwürdige Versuchung gleich wieder von sich, und festen Schrittes trat er mit den beiden Verhafteten über die Schwelle des Polizeigebäudes.

Der Kommissär fragte, ohne aufzublicken: »Um was handelt es sich?«

»Herr Kommissär«, sagte Engelbert, »um Wachebeleidigung und Einmischung in eine Amtshandlung.«

Der Kommissär sah auf. Als er Engelbert gewahrte, zeigte sich ein leichtes Erstaunen auf seinem Gesicht. Dann sagte er freundlich: »Na also!«

Engelbert wußte, daß das schon eine Art von Anerkennung bedeutete, aber fühlte nichts von dem Glück, das er sich seinerzeit bei dem ersten Zeichen einer solchen Zufriedenheit erwartet hatte. Der Kommissär nahm das Nationale auf. »Bitte, Fräulein ...«

»Katharina Wessely, Greißlerstochter, zweiundzwanzig Jahre alt ...«

»Und Sie?«

»Albert Meierling, Mediziner.«

»Also – Wachebeleidigung ... Worin hat diese Wachebeleidigung bestanden?«

»Herr Kommissär«, antwortete der Sicherheitswachmann, »das Fräulein hat mich einen Affen genannt.«

»Schön, schön«, sagte der Kommissär. »Und der junge Mann?«

»Hat sich Bemerkungen über die Arretierung der jungen Dame erlaubt. «

»Schön, schön. Da können wir hier weiter nichts machen. Das gehört ja vors Bezirksgericht. Danke sehr«, wandte er sich an die beiden Häftlinge. »Sie werden seinerzeit die Vorladung bekommen.«

»So können wir gehen?« fragte der junge Mann, und Engelbert sah bei diesem »wir« rot vor den Augen.

»Bitte sehr, wohin Sie wollen«, sagte der freundliche Kommissär.

Kathi warf auf Engelbert einen Blick, als wenn er ihr ein Fremder wäre. Der junge Mann öffnete die Türe und entfernte sich mit dem Mädchen. Engelbert wollte ihnen folgen; da rief ihn der Kommissär an: »Sie, Friedmaier!«

»Herr Kommissär?«

»Ich gratulier' Ihnen. Zeit war's schon. Im übrigen, wie ist denn das Mädel dazugekommen, Sie einen Affen zu nennen?«

»Herr Kommissär, gehorsamst zu melden, es ist nämlich meine Braut.«

Der Kommissär erhob sich von seinem Sitz. »Wie?« Dann sah er Engelbert lang an, klopfte ihm auf die Schulter. »Brav! Das laß ich mir gefallen. «

»Oder vielmehr, es war meine Braut, Herr Kommissär«, sagte Engelbert, indem ihm die Tränen aus den Augen stürzten.

Der Kommissär betrachtete ihn gütig. Dann sagte er: »Also jetzt gehen Sie zurück auf Ihren Posten. Ich werde Sie übrigens zu einer besonderen Belobung empfehlen.«

Engelbert eilte auf die Straße. Er kam eben zurecht, um Kathi und den jungen Mann an der nächsten Ecke in einen Fiaker steigen zu sehen und den jungen Mann dem Kutscher zurufen zu hören: »In' Prater, Hauptallee.«

Die Verhandlung fand ein paar Wochen später statt. Der staatsanwaltschaftliche Funktionär feierte die Manneswürde und Pflichttreue des Wachmannes, der durch keine Art von persönlichen Beziehungen sich hatte abhalten lassen, der Gerechtigkeit ihren Lauf zu lassen. Der Verteidiger brandmarkte den empörenden Versuch, eine Geliebte, deren man überdrüssig geworden war, sich auf amtlichem Wege vom Halse zu schaffen, und sprach die Hoffnung aus, daß sich ein derartiger Machiavellismus unter den braven Sicherheitswachleuten der Hauptstadt nur vereinzelt vorfinden dürfte. Der staatsanwaltschaftliche Funktionär, unbeirrt, behauptete in seiner Replik, daß die Fundamente des Staates zu wanken begännen, wenn hier nicht ein Exempel statuiert würde. Und so geschah es auch, Kathi wurde zu fünfundzwanzig Gulden Geldstrafe verurteilt, der Mediziner Albert Meierling zu zehn Gulden; er erlegte die Summe für beide. Es war ein schöner Julitag; am selben Abend fuhren wieder beide in den Prater.

Merkwürdig aber ist, daß von diesem Tage an der Bann, der bisher über Engelbert Friedmaier lastete, geschwunden ist. Die bösen Triebe rings um ihn sind erwacht; vorbei ist es in seiner Nähe mit Ordnung und Sittlichkeit, tagtäglich eskortiert er Übeltäter auf die Wachstube, und seine Kameraden sehen bewundernd zu ihm auf. Sie erkennen ihn kaum wieder. Er ist ein harter, grimmiger Mann geworden, und alle Schwüre unbescholtener Leute gelten als verruchte Lügen vor der dunklen Macht seines Diensteides, dem sich Kommissäre und Richter beugen.

Die Braut

Studie

Auf einem Maskenball lernte ich sie kennen, nach Mitternacht. Ihre klugen und ruhigen Augen hatten mir gefallen und das dunkelblaue Kleid, das sie trug. Sie war nicht maskiert und machte durchaus kein Hehl aus ihrer wahren Person. Sie gehörte zur Kategorie der aufrichtigen Dirnen und hatte selbst in dem Maskentrubel, der alle Frauen so sehr dazu reizt, durchaus kein Bedürfnis, Komödie zu spielen. Das erfrischte mich, da ich mich von all den trivialen Faschingslügen, die mich umschwirrten, recht ermüdet und angewidert fühlte.

Sie war ungewöhnlich intelligent, man hörte es ihren Reden und sah es ihren Bewegungen an, daß sie aus besseren Kreisen herkam. Bei ihr lag die Frage besonders nahe, die man so oft an Weiber ihrer Art stellt, um schließlich immer dieselbe abgedroschene Geschichte zu hören, wie es denn eigentlich dahin mit ihnen gekommen. Von dieser aber mit den klugen Augen vermutete ich etwas anderes zu vernehmen, und darum blieb ich mit ihr zusammen.

Es ging gegen den Morgen zu, als wir, vom Champagner ein wenig angeduselt, einen Wagen nahmen und in den Prater fuhren. Es war im März, eine merkwürdig linde Nacht. Momente lang hatte ich das Gefühl, als wenn da ein Wesen an meiner Seite lehnte, das ich schon lange,

lange kannte und sehr lieb hätte. Mir war sehr wohl neben ihr, und geraume Zeit sprachen wir gar nichts. Ich konnte mich nicht entschließen, sie schlechthin als das Weib zu nehmen, das den Abschluß einer lustigen Nacht bedeutet, ich wollte sie kennenlernen. Von ihrem Leben wollte ich wissen, von ihrer Jugend, von den Männern, die sie geliebt, bevor sie sich entschloß, alle zu lieben, die sie wollten.

Hier gab es ein Schicksal zu entdecken, und endlich, wie wir schon weit unten im Prater waren, nach langem Schweigen, fragte ich sie. Sie ließ sich nicht lange um eine Antwort bitten. Freilich hab' ich nun die Worte, mit denen sie mir schlicht und bereitwillig ihr Bekenntnis ablegte, vergessen, aber die Geschichte selbst steht mir eigentlich klarer vor Augen als in der Stunde, da ich sie vernahm. Übergänge haben sich für mich gefunden, Lücken, welche sie im Erzählen ließ, habe ich unbewußt im Bedenken, im Erinnern ausgefüllt.

Sie war aus einer guten Familie, aus einer sehr geachteten und bekannten, behauptete sie sogar, und man hatte sie zu Hause streng erzogen. Aber ihre Sinne erwachten früh und in heftigem Verlangen. In den einsamen Nächten ihrer frühreifen Mädchenzeit hatte sie viele Qualen zu überstehen, und ein seltsamer Vorsatz bildete sich in ihr, aus unklaren Wünschen zu immer festerer Gestaltung. Sie wollte warten, bis sich der Gatte gefunden, denn das mußte sie wohl, dann aber, wenn die Gefahr vorüber, wollte sie sich freimütig den ursprünglichen und wilden Trieben ihrer Natur, wollte sich jedem hinschleudern, der ihr gefiel . . . Männerschönheit und Männerstärke genießen, wo sie sich bot.

Mit siebzehn Jahren verlobte sie sich, und nun kam in ihrem Leben eine kurze Zeit, über die sie sich in fast sen-

timentalen Worten ausließ. Da fand ich jene merkwürdige
Stelle in ihrem Herzen, die man auch in den verworfen-
sten entdeckt – das Heimweh nach der Unschuld. Denn es
gibt ja auch ein Heimweh für die Heimatlosen, und vielleicht empfinden die es am schmerzlichsten von allen.
Daß man eine Heimat überhaupt hat, ist schon ein wenig
Trost, der aber fehlt den andern.

Nun aber geschah etwas Seltsames. Sie begann den
Bräutigam, der ihr anfangs nur Mittel zum Zwecke bedeutet hatte, ernstlich zu lieben. Anfangs wollte sie sich's
selbst nicht glauben; aber sie mußte es endlich, denn wie
anders war es zu erklären, daß sie sich plötzlich ihrer
früheren Vorsätze zu schämen anfing – so heftig und
schmerzlich, wie vielleicht keine Sünderin der Tat sich der
Vergangenheit zu schämen vermag –, daß sie bereute? Sie
wollte ihm eine brave Gattin werden, treu und ergeben.
Sie wurde ruhiger. Ihre Empfindungen bekamen einen ei-
gentümlichen Hauch von Frieden und Keuschheit, und
sie liebte ihn tief. Ein paar Monate, oder waren es nur Wochen, ich weiß es nicht mehr – dauerte dieser Zustand an.
Der Tag der Hochzeit rückte näher. Da regte sich allmählich wieder die alte Raserei in ihr. Vielleicht lag da ein
besonderer Grund vor, über den sie sich selbst nicht klar
war, vielleicht war es nur der natürliche Gang, und die
kurze Periode der Beruhigung nahm ihr Ende, weil das
eben in dem Temperament des Mädchens lag. Es kam in
einer entsetzlichen Weise über sie. Zehnmal war sie daran –
nicht sich ihrem Verlobten hinzugeben – nein ... ihn zu
nehmen, selbst zu nehmen, mit sich zu ziehen in das dunkle Zimmer neben dem Salon – oder dorthin in die Nische – oder dort ... Aber die Umstände fügten es nicht, sie
war nie allein mit ihm. Vielleicht auch verließ sie der Mut,

wenn die Gelegenheit kam, und bald begann sie auch
wieder zu merken, wie ihre Glut ins Allgemeine ging, wie
er eigentlich nicht mehr der Geliebte war. Ja, sie wollte
ihn – freilich – aber auch den – und jenen – und jenen –
und alle. Sie fühlte, daß es unabänderlich vorbei war mit
ihrer einen, ach, mit ihrer Liebe überhaupt. Es war wieder
Trieb geworden, wütender, durstiger Trieb, der den Mann
wollte, einfach den Mann, nicht ihn, den einen! Etwas war
dennoch von ihrer tiefen Neigung zurückgeblieben: sie
war dem Mann, der sie unendlich Hohes hatte empfinden
lassen, der sie aus der Dumpfheit fiebernden Verlangens
für einige Zeit zur schönen Heiterkeit der Liebe hinauf-
gehoben hatte, diesem Mann war sie etwas schuldig geworden. Wahrheit! ... Es wühlte in ihr, es ließ sie nicht
ruhn. Sie mußte sich ihm entdecken. Sie wußte, was es für
ein Ende nehmen mußte. Darum wünschte sie ihn von
Schmach und Gram frei zu erhalten. Sie war nicht geschaffen zum braven Weib, aber sie wollte auch nicht das
seine werden, den sie vielleicht schon nach der ersten
Nacht hätte betrügen müssen – und der sie dann – das
schwebte ihr wohl auch dunkel vor – am nächsten Tage da-
vongejagt hätte. Der Gedanke, daß er ihr am Ende genügen, daß mit seinem Besitz ihr Wahnsinn gemildert, ge-
stillt sein könnte, war ihr zu einer kindischen Erinnerung
geworden, aber gestehen wollte sie's ihm, ihm sagen: Ich
bin nicht geschaffen, deine brave Hausfrau zu werden, laß
mich frei.

Die Zeit rückte vor. Die ruhigen und festen Grenzen
ihrer Liebe zu dem einen verwischten sich mehr und
mehr und flossen auseinander zu den zitternden Linien
einer schmerzlichen, ungestillten, kaum mehr zu zügeln-
den Sehnsucht nach dem Manne.

Und eines Abends – sie schilderte mir die Stimmung jenes Abends mit frappierender Kraft, wie sie nur das sichere Bewußtsein von der Bedeutsamkeit eines Erlebnisses besitzt –, eines Abends, im Hause ihrer Eltern, im Salon, der in das Halbdunkel von matten, farbigen Lampen getaucht war, während sie mit ihm an dem offenen Fenster stand, das auf eine reiche und helle Straße hinausführte, da gestand sie's ihm ein. Alles. Die brennenden Wünsche ihrer kaum erwachten Jugend, die kurze Zeit ihrer stillen erwachenden Glückseligkeit und endlich das rasche Untergehen dieses Traumes. Er war wie erstarrt. Nie hatte er Ähnliches in dem braven Mädchen aus gutem Hause vermutet, das er mit der freudigen Zustimmung seiner Eltern zur Frau nehmen wollte und in dem er wahrscheinlich auch das zu finden hoffte, was wir ja alle von unserem künftigen Weibe erwarten: den wundersamen, heiligen, tugendhaften Kontrast zu der tollen Leidenschaftlichkeit unserer Jugendliebeleien ... Er versuchte ihr zu widersprechen. Er wollte ihr klarmachen, daß sie sich über sich selber täusche, daß sie ein natürliches und im Grunde schönes Verlangen heruntersetze und entweihe, weil sie sich in ihrer stolzen Jungfräulichkeit desselben schäme. Es war vergebens. Je eindringlicher er sie über ihren Zustand beruhigen wollte, mit um so heftigeren und deutlicheren und frecheren Worten ließ sie ihn in das Zittern und Glühen ihrer tiefsten Seele schauen. Und sie erklärte ihm, daß sie ihr Wort zurücknehme, ihm das seine zurückgebe. Sie flehte ihn an, daß er sie ihrem Schicksal überlassen und in dieses Haus nicht mehr wiederkehren sollte. Was ihr eigenes Los anbelangt, so stand ihr Plan fest. Morgen noch, vielleicht heute nacht auf und davon, mit einem Male verschwunden aus dem Kreise der

Ihren, weg von allen diesen Menschen, die ruhig und zufrieden und gesund waren und zu denen sie nicht gehörte, fort von hier und toll hinausgejubelt in ein Leben ungezügelter Lust, für das sie nun einmal bestimmt war, in das sie hineinmußte, wenn sie nicht verrückt werden, wenn sie nicht zugrunde gehen sollte.

Wie er, der Bräutigam, sie so reden hörte, mußte sie ihm wohl von wilderer und flammenderer Schönheit erschienen sein als je. Und der klagende Ausdruck seiner Augen wandelte sich allmählich in den Glanz bebenden Begehrens, das heftiger und heftiger daraus hervorbrach.

Er stand dicht neben ihr, und eben noch bittend, beschwörend, hatte er ihre beiden Hände gefaßt – und noch klangen ihr seine gramvollen Worte ins Ohr: sie mißverstehe sich selbst, und er verzeihe ihr alles, und sie solle nur bei ihm bleiben; da mit einem Male wurde der Druck seiner Hände fester, heißer, und das Zittern der Verzweiflung in seiner Stimme ward zum Zittern des Verlangens, und seine Worte klangen anders mit einem Male, ganz anders, bis es ihr endlich frech, schrill, brutal an ihr Ohr klang, das er mit seinen Lippen berührte: wenn es schon sein muß, wenn du schon fort willst, wenn du schon die brave Hausfrau nicht sein kannst, wenn du allen gehören willst, die dich wollen, so gehöre doch zuerst mir, der dich will wie kein anderer, mir, den du geliebt hast, mir ... mir ... mir ..., der dich anbetet.

Da aber fuhr sie zurück, und mit Ekel stieß sie ihn fort und entriß ihm ihre Hände.

Er begriff anfangs nicht, versuchte noch ungeschickt und flehend ihr klarzumachen, daß es ja nun das Gescheiteste wäre, was sie tun könnte. Ihr aber war dieser Mann, den sie so sehr geliebt hatte, mit einem Male der einzige geworden, den sie nicht mehr lieben konnte, den sie haßte, der sie anwiderte. Der Hauch, der von seinem Munde kam, die trockenen heißen Hände, das weit offene starre Auge, seine Stimme, die etwas Klirrendes und Weinendes hatte, all das ward ihr innerhalb eines Augenblickes so unsagbar unerträglich, daß sie von ihm fort mußte, rasch, zu einem anderen, zu dem anderen, zu irgendwem, der ein Mann und nicht er war. Und noch in derselben Nacht verließ sie das Haus ihrer Eltern, in derselben Nacht irrte sie durch die schwülen Straßen der Stadt, in derselben Nacht noch trug sie sich irgendeinem auf der Straße an, der eben vor ihr her spazierte und dessen Gang leicht und vergnügt war und den sie früher nie gesehen hatte. Und der nahm sie und jagte sie wieder fort, und das war ihr erster Liebhaber!

Sie schwieg, nachdem sie mir das gesagt, ohne daß sie Näheres über diesen Mann mitgeteilt hätte. Ich war neugierig geworden und wollte mehr wissen. Wer er war, ob sie ihn geliebt, ob sie ihm nachgeweint, was sie empfunden, als er sie nahm, und wie ihr war, als sie das erste Mal verlassen wurde. Da aber sah sie mich mit großen Augen an. Und dann, als wäre das etwas ganz Selbstverständliches, in einem Tone der Bestimmtheit, der mir jetzt noch im Ohr klingt, sagte sie: »Das ist ja vollkommen gleichgültig.« Ich verstand sie nicht gleich, aber wie ich sie nun eine Weile anschaute, dieses Antlitz mit dem ruhigen Ausdruck der Glücklichen, welche ihren wahren Beruf gefunden, unbekümmert um die Meinung der anderen, da fiel es mit einem Mal hell in meine Seele, und ich konnte begreifen, was sie gemeint. Ja, es war gleichgültig, wer jener Mann gewesen, mit dem sie die erste Nacht durchlebt, gleichgültig, wer nach ihm gekommen, und gleichgültig war es auch, ob ich oder ein anderer da neben ihr im Wagen lehnte. Nicht weil sie das war, was wir so leichthin eine Verworfene nennen. Denn haben wir's nicht alle an den Frauen, von denen wir wahrhaftig geliebt wurden, schaudernd und in stummer Verzweiflung hundertmal erlebt, wie wir im Moment der Erfüllung für sie verlorengingen, wir, mit der ganzen Majestät unseres Ich, und wie unsere gleichgültige Persönlichkeit nur mehr das allmächtige Gesetz bedeutete, zu dessen zufälligen Vertretern wir bestellt waren.

Und wenn sie aus ihrem höchsten Rausch langsam erwachen, sehen wir nicht, wie sie mit einem unheimlichen Staunen uns ansehen, nein, wie sie uns wiedersehen, um sich an uns zu erinnern, weil wir gerade in dem Momente ihrer herrlichsten Entzückung mit allen unsern höchst eigenen Eigenschaften, mit unserem Geist und unserer Schönheit, mit all den Tugenden und all den Lastern, womit wir sie gewannen, so unbeschreiblich überflüssig geworden sind, gegenüber dem ewigen Prinzip, das in der Maske eines Individuums erscheinen muß, um walten zu dürfen: denn der kurze und bewußtlose Augenblick, in welchem die Natur ihren Zweck durchzusetzen weiß, braucht nur den Mann und das Weib, und wenn wir auch sein Vorher und Nachher so erfindungsreich von den tausend Lichtern unserer Individualität umtanzen lassen – sie löschen doch alle aus, wenn uns die dumpfe Nacht der Erfüllung umfängt.

Der Empfindsame

Eine Burleske

Die jungen Leute waren heute sehr traurig. Sie dachten an den armen Fritz Platen, der so oft da neben ihnen gesessen war, plaudernd, lächelnd, Kaffee trinkend, Zigaretten rauchend. Eines Abends vor acht Tagen war er nicht gekommen, sondern war zu Hause geblieben, hatte sich vor seinen Schreibtisch gesetzt und sich eine Kugel durch den Kopf geschossen. Niemand wußte, warum. Fritz Platen war ein lieber, junger Mensch gewesen, bildhübsch, ziemlich wohlhabend und ein bißchen empfindsam. Und sie sprachen darüber, wie dumm oder wenigstens wie unbegreiflich das von so einem netten, hübschen, wohlhabenden und empfindsamen jungen Menschen sei, eines Tages plötzlich nicht ins Kaffeehaus zu kommen, sondern zu Hause zu bleiben und sich totzuschießen.

»Zu empfindsam«, sagte plötzlich einer von den jungen Leuten, und das war Albert Rhode, der beste Freund des Toten, der einzige, der sogar Trauer für ihn trug. – »Wieso?« fragten die zwei anderen, Hugo Friedel und der kleine Willner.

»An seiner Empfindsamkeit ist er gestorben, und ich will euch zum Beweis dafür einen merkwürdigen Brief vorlesen.«

»Ist also doch einer dagewesen?«

Rhode schüttelte den Kopf. »Keiner von ihm, ihr wißt es

ja. Aber ich habe heute seine Papiere geordnet, und da habe ich einen gefunden, der am Tage seines Selbstmordes an ihn gelangt ist, und der löst das Rätsel.«

Die beiden anderen waren höchst erstaunt. »Von wem ist dieser Brief?« fragten sie. – »Ich kann den Namen der Schreiberin nicht nennen, denn aller Wahrscheinlichkeit nach wird sie bald eine berühmte Person sein.«

»Woher ist der Brief?« fragten die anderen.

»Auch das muß ich verschweigen, denn das würde leicht auf die Spur führen.«

»So lies«, riefen die anderen. Albert Rhode zog seine Brieftasche hervor und entnahm ihr einen mehrfach zusammengelegten Brief. Während er ihn entfaltete, versuchten die anderen, jedoch vergeblich, die Unterschrift zu entziffern … Albert Rhode schüttelte den Kopf und reichte ihnen den Brief hin. Er wies auf die letzte Seite. Statt der Unterschrift eine Stelle, wo das Papier abgeschabt und grau aussah … Er hatte den Namen ausradiert.

»Übrigens ist das nebensächlich«, sagte der kleine Willner, der sehr diskret war. – »Gewiß«, erwiderte Albert Rhode. »Nun hört.« Und er nahm den Brief in die Hand und begann langsam zu lesen: »Mein lieber, lieber Fritz« …

Albert Rhode unterbrach sich. Seine Stimme hatte gezittert. Er biß sich auf die Lippen. Die anderen sahen vor sich hin und waren etwas verlegen. Albert Rhode faßte sich, schüttelte den Kopf und fuhr sich mit den Fingern der linken Hand zwischen Kragen und Hals einige Male hin und her. Dann las er weiter: »Wenn Du diesen Brief erhältst, bin ich fort, weit fort, vielleicht für immer. Ich habe Dir's nicht sagen wollen. Es hätte Dir weh getan und mir auch. Lieber sag' ich Dir so adieu und habe als letzte Erin-

nerung von Dir Dein liebes, lächelndes Gesicht und Deine
Worte: Also morgen abend, mein Schatz ... Du hättest ja
geweint, und ich hätte mit Dir weinen müssen, und das
wäre nicht schön gewesen. Drum ist es besser so. Ich habe
dich auch sehr lieb so, wie ich Dich jetzt vor mir sehe,
wenn ich die Augen schließe. Es ist gerade eine Stunde,
daß ich Dich verlassen habe. Nicht wahr, Du liegst noch
auf Deinem Diwan und träumst davon, wie glücklich wir
vor einer Stunde gewesen sind. Und auch ich bin allein in
meinem Zimmer, habe mir's bequem gemacht. Eine Rei-
setasche steht neben dem Bett, und im Vorzimmer rumort
Mama, packt noch, denn morgen früh, Fritz, lange bevor
der Brief da in Deinen Händen sein darf, morgen früh reisen wir ab, Mama und ich, und in acht Tagen steh' ich das
erstemal auf der Bühne. Ja, Fritz, ich hab' ein Engagement, und Dir dank' ich es, Dir gerade, der mich vielleicht
niemals von seiner Seite gelassen hätte. Deine Liebe, die
mir mehr gewesen ist, als Du ahntest, und weniger, als Du
wolltest.

Es ist meine Pflicht, Dir diese dunklen Worte zu erklären, ich fühle es wohl. Ich glaube, daß ich sogar ein
bißchen Verzeihung brauche, denn es ist möglich, daß Du
mir böse sein wirst.

Erinnerst Du Dich des Abends, an dem wir uns das erstemal begegnet sind? Aber was frage ich Dich ... wie oft
haben wir von diesem Abend miteinander gesprochen!
Erst heute hast Du mir ja wieder gesagt, daß Du es nicht
fassen könntest, wie Du Dich kaum eine Stunde nach dem
ersten Lächeln, mit dem Du die Unbekannte auf der
Straße begrüßtest, in ihren Armen – und in den Armen
eines unschuldigen Mädchens fandest. Dieses Staunen, in
dem wohl auch ein bißchen Stolz gewesen ist, nicht wahr,

Du lieber Fritz, wird nun bald ein Ende haben. Denn was
Dir damals geglückt ist, hätte vielleicht auch anderen an
diesem Abend glücken können. Dein Stolz darf nur sein,
daß ich Dir treu geblieben bin, denn das hab' ich an jenem Abend nicht vorhergesehen.

Weißt Du noch, wie ich am Café Impérial vorüberging
vor dem Tisch, wo Du so ganz allein dasaßest, mit den vielen Zeitungen auf dem Sessel neben Dir, die Du gar nicht
anschautest? Du hast in die Luft gestarrt, und anfangs
sahst Du mich auch so an, als wenn ich Luft wäre, bis Du
merktest, daß auch ich Dich ansah, und da hast Du
gelächelt und bist aufgestanden und bist eine Weile hinter
mir gegangen in respektvoller Entfernung, bis die Entfernung und, ach Gott, auch der Respekt immer geringer
wurden, und dann kamst Du näher zu mir und näher. Am
Gitter des Stadtparkes hörte ich schon, wie Du leise vor
Dich hin pfifffst, um Dir Mut zu machen. Und dann
sprachst Du mich an: ›Erlauben Sie, mein Fräulein, daß
ich mich Ihrem einsamen Spaziergange‹ ... und so weiter ... Es war nicht sehr klug, aber es hätte noch dümmer
sein dürfen. Denn ich hatte Dich mit Sehnsucht erwartet.
Dich, gerade Dich? Ja, Dich, denn Du bist ja der Richtige
gewesen.

An diesem Abend, mein lieber Fritz, bin ich von meinem Arzt gekommen, von meinem vierundzwanzigsten,
glaub' ich. Von dem einen zum andern war ich gelaufen,
ruhelos, mit der Zeit fast hoffnungslos, denn ich wollte
meine schöne, meine wunderschöne Stimme wieder haben, die ich mit sechzehn gehabt hatte, und keiner konnte
sie mir wiedergeben. Ja, mein Fräulein, Ihnen fehlt eigentlich gar nichts ... sagten sie alle. Aber behandelt haben sie mich alle. Du ahnst nicht, was ich ausgestanden

habe. Ich bin gepinselt, elektrisiert, geätzt, massiert worden – massiert am ganzen Körper wegen zweier kleiner Stimmbänder, die nicht ordentlich schließen wollten. Man hat mich höflich, man hat mich grob, man hat mich – beinahe zärtlich behandelt. Daß ich wieder meine Stimme bekommen würde, hat mir jeder versichert, aber – und das sagten sie alle, nachdem sie mich wochenlang behandelt hatten – Sie sind ja ganz gesund. Gesund, ich! die sich gar kein Leben ohne ihre Kunst vorstellen könnte, ich, die von ihrem vierzehnten Jahre an nur von Erfolgen auf der Bühne, von einem Triumphzug durch die ganze Welt, von einer Zukunft als große und berühmte Sängerin geträumt hatte.

Aber das ging so durch drei Jahre, durch drei volle Jahre. Auch von einem Gesangslehrer zum andern bin ich in dieser Zeit gewandert. Ich dachte, es läge vielleicht an der Stimmbildung. Und da mir jeder sagte, der vorige habe mir die Stimme verdorben, so bedeutete jeder neue für mich eine neue Hoffnung. Aber vergeblich, alles war vergeblich. Erst mein vierundzwanzigster Arzt – ich übertreibe vielleicht ein wenig, aber ich bleibe der Kürze halber bei der Zahl vierundzwanzig – hat mich gerettet, oder hat mir das Mittel zu meiner Rettung gegeben. Allerdings ist es mir seither schon manchmal so vorgekommen, als täte ich den dreiundzwanzig anderen auch Unrecht, denn sie haben es an Andeutungen nicht fehlen lassen. Aber dieser vierundzwanzigste war so deutlich, so göttlich grob, er hat es so einfach, so kurz ausgedrückt, daß es mir gleich das erstemal nicht wie ein Scherz, wie eine Galanterie, wie eine Dummheit oder wie eine Impertinenz vorkam, sondern wie das einzige, schwere, aber auch sichere Mittel zu meiner Heilung.

Mancher hatte schon gesagt: Ach, mein Fräulein, Sie sind eben nervös, es wäre gut, wenn Sie heirateten; und andere drückten sich ungeheuer vorsichtig aus und sprachen von einer durchgreifenden Änderung der Lebensweise; und einige waren riesig verschmitzt und sagten: Fräulein, waren Sie denn noch nie verliebt... Und andere waren wieder frech und sagten: Wissen Sie, was Sie brauchten... und machten sehr glühende Augen, und das war mir so zuwider... Freilich ging's mir selbst zuweilen durch den Kopf, aber doch nur so, als wenn es gar nie ernst werden könnte, und wenn ich daran denken wollte, daß ich dadurch meine schöne, wunderschöne Stimme wiederbekommen sollte – ich hab' einfach lachen müssen. Aber ich fing an zu verzweifeln. Meine Stimme blieb, wie sie war. Ich ermattete nach zwei Tönen, und die Kolleginnen, mit denen ich zu studieren begonnen, wurden alle fertig, gingen ins Engagement und feierten Triumphe. Ich führte ein unheimliches Leben. Es gab Zeiten, in denen ich von drei oder vier Ärzten zugleich behandelt wurde, von einem zum andern lief wie im Traume, drei Kuren zugleich über mich ergehen ließ. Ich verbrachte schauerliche Nächte. Ich träumte von den Erfolgen meiner Kolleginnen. Weißt Du, was das bedeutet? Nach einer Nacht, in der ich drei solche Träume gehabt, nach einem Vormittag, an dem ich bei zwei Gesangsprofessoren gewesen, nach einem Nachmittag, an dem mich zwei Ärzte behandelt, begab ich mich – es war fünf Uhr abends – zum dritten, das heißt zum vierundzwanzigsten. Sein Name war mir schon oft genannt worden. Durch einen Zufall hatte ich bisher versäumt, ihn zu Rate zu ziehen. Ich sagte schon, es war fünf. Sein Wagen stand vor dem Haustor, und wie ich hinauf kam, stand er, der Professor selbst, mit

Hut und Rock im Vorzimmer zum Weggehen bereit. Er schrie mich beinahe an: ›Was wollen Sie?‹ Und noch bevor ich antworten konnte: ›... Ich habe keine Zeit, ich muß fort, kommen Sie morgen.‹ Er war noch nicht alt, vielleicht fünfundvierzig. Und seine Grobheit machte mir gar nicht bange. ›Bitte, untersuchen Sie mich doch noch‹, bat ich einfach. Er war beinahe starr, um so mehr, als ich, ohne seine Antwort abzuwarten, voran ins Zimmer ging. Er folgte mir. Ich durchschritt das Wartezimmer, vor der Türe zum Operationszimmer blieb ich stehen. Er öffnete, ging mir voraus, und jetzt erst nahm er den Hut ab, warf ihn auf einen Sessel, setzte sich selbst auf den Stuhl vor dem Schreibtisch und begann mich auszufragen, fast ohne mich anzusehen. Dann untersuchte er mich, spiegelte mir in den Hals, stellte einige Fragen an mich und schaute mich, nachdem ich ihm alles sehr ehrlich beantwortete, eine Weile mit einem ernsten, beinahe bösen Blick an. Dann stand er auf. ›Ihnen fehlt nichts‹, sagte er, ›adieu.‹ Ich erwiderte heftig: ›Das haben alle gesagt, das ist nichts Neues.‹ Er noch heftiger: ›Ich bin ja nicht dazu da, um Ihnen was Neues zu sagen ...‹ Ich mit zusammengepreßten Zähnen: ›Meine Stimme will ich wieder haben.‹

›Ihre Stimme, ja, dafür gibt's kein Rezept, das man aufschreiben kann.‹

Ich, von einem Hoffnungsstrahl durchleuchtet: ›Aber vielleicht sagen ...‹ Er, indem er den Hut in die Hand nimmt. ›Sagen, ja.‹ Ich, in meiner Erregung, statt ihn zu bitten, schreie ihn an, wütend, fast weinend: ›Also was soll ich nehmen?‹

Darauf er, wütend, als wenn er mir was antun wollte, auf mich zu und schreit: ›Einen Liebhaber ...‹

Fritz, so wie dieser Mann mußte man mir's sagen. Das

war deutlich. Ich spürte ja wieder in dem Augenblick, da ich es hörte, daß mir dasselbe schon viele, möglicherweise alle gesagt hatten. Aber so beiläufig, so ohne wissenschaftlichen Ernst. Und die meisten mit so schlecht verhehltem Egoismus. Der aber sagte jene Worte in einem Ton, mit dem er auch hätte sagen können: ›Chinin oder Zyankali ...‹ Das erstemal hatte ich einen ärztlichen Rat bekommen, und noch während ich die Treppe hinunterstieg, war ich fest entschlossen, ihn zu befolgen.

Und da ging ich zufällig vor dem Café Impérial vorbei. Sei aber nicht gar zu böse. Ich war schon eine Stunde spazierengegangen, hatte viele junge und hübsche Männer begegnet, und mancher hat mich angesehen und mancher angelächelt. Du warst der erste, dessen Lächeln ich erwiderte, nicht wahr, sonst wärst Du doch auch nicht so keck gewesen und mir nachgegangen? Und Du bist auch nicht böse, daß ich Dir nicht gleich alles gestanden. Ich war ja in den ersten Tagen nahe daran. Da überlegte ich aber, daß es Dich zu sehr verstimmen könnte – und das hätte Deiner Zärtlichkeit und auch mir natürlich geschadet ... Und dann, daß ich Dir's nur gestehe, es gab wirklich Momente, da ich fast vergaß, was Du mir ursprünglich bedeuten solltest, und ich begann mich in Dich zu verlieben, wie in einen Geliebten, den man nur zu seinem Vergnügen hat. Schau, Fritz, ich muß aufrichtig sein, ich bin Dir zu viel Dank schuldig. Du weißt, daß meine Stimme wunderschön geworden ist. Von Tag zu Tag konnte ich den Fortschritt merken. Mein Gesangslehrer war frappiert. Die Agenten, denen ich vorgesungen habe, waren entzückt. Und der Direktor ... vom ... -Theater (Rhode verschwieg die Namen), vor dem ich vor acht Tagen Probe sang, hat mich sofort auf drei Jahre mit steigender Gage für erste Partien engagiert. Fritz, Fritz ... ich kann meiner Kunst leben, wie es der Traum meiner Kinder- und Mädchenjahre war. Ich werde eine gefeierte Sängerin sein, und Du wirst das Bewußtsein haben, daß ich es in Deinen Armen geworden bin. Wenn Du mich wirklich so lieb gehabt hast, wie Du mir's so oft gesagt, so muß Dir das ein Trost dafür sein, daß Du die Geliebte verloren.

Und wer weiß, wie gern ich Dich gehabt hätte, wenn ich nicht immer daran hätte denken müssen, daß Du mir eigentlich verschrieben worden bist! Leb wohl, mein lieber Fritz, glaube, daß, während ich diesen Lebenslauf niederschreibe, eine Träne über meine Wange fließt, und denke in Güte eines Wesens, das Dir so lange dankbar sein wird, als es atmet und singt.« –

»Hier folgt die Unterschrift«, schloß Albert Rhode und ließ den Brief auf die Marmorplatte des Tisches sinken.

Die Freunde waren still.

»Und du glaubst«, fragte endlich Hugo, »daß er aus diesem Grunde ...?«

Albert Rhode nickte. »Gewiß. Ich stelle mir das auch sehr entsetzlich vor. Denk dir nur, glauben, daß man von einem jungen Mädchen angebetet wurde, und erfahren, daß sie einen – eingenommen hat. Er mußte sich ja selber nach Empfang dieses Briefes widerwärtig und unheimlich vorkommen. Die ganze Zeit, die er mit ihr verbracht hatte, mußte ihm ja als vergiftet erscheinen.«

»Daß er sich erschossen hat wegen dieser herzlosen Person, das ist doch übertrieben und kaum zu begreifen«, fanden die Freunde.

»Wenn man zu empfindsam ist«, sagte Rhode ...

»Es ist sehr traurig. Und du willst uns den Namen dieser

Dame nicht sagen?« – »Nein, sie wird sehr berühmt werden, dank unserm armen Fritz.«

Der andere schüttelte den Kopf

»Und sein Name«, fuhr Albert Rhode fort, indem er
den Brief zerknitterte und in die Tasche steckte, »sein
Name – so ungerecht ist der Ruhm – wird in keiner Musik-
geschichte zu finden sein.«

Komödiantinnen

Helene

Er ging in seinem Zimmer auf und ab ... in dem kleinen Zimmer mit einem Fenster, durch das nicht viel Licht hereinkonnte, weil die dunkelgrünen Vorhänge zu beiden Seiten herunterwallten. Und nun war die Dämmerung da; das Zimmer lag fast im Dunkel, nur der gelbliche Plato-Kopf auf dem Ofen glänzte ein wenig und die weißen Wachskerzen, die auf dem Klavier standen. Er dachte darüber nach, ob er alle die Empfindungen, die jetzt in ihm waren, einfach Glück nennen durfte. Nein, Glück nicht. Es war zu viel Sehnsucht in ihnen und zu viel Ungewißheit. Aber jene Stunde gestern, das war doch wohl Glück gewesen. Wenn er diesen einzigen langen Kuß, auf den dann kein Wort mehr gefolgt war, mit dem sie ihn allein zurückgelassen hatte, als wäre jeder Laut Entweihung, wenn er den mit irgend was vergleichen wollte, so mußte er an eine Zeit zurückdenken, wo er fast noch ein Knabe war; an stille Spaziergänge mit einem blonden Mädel auf einsamem Waldweg und an das Ausruhen auf den Bänken, wo er ihr dann die Wangen und die Haare streichelte ... Ja, etwas Keusches und Süßes war das gewesen, und alle Glut, die in ihrem Geständnis lag, und alle Leidenschaft, mit der sie ihn zum Abschied an sich gedrückt, und selbst der dumpfe Rausch, in dem sie ihn zurückgelassen – in alledem war etwas, was ihn an jene Stimmung der ersten Liebe erinnerte mit ihren zitternden Wünschen, die keine Erfüllung kennen.

Und dabei in dem letzten »morgen«, das von ihren Lippen gehaucht kam, wie sie schon in der Tür stand, war doch so viel ängstliche Abwehr gewesen und ein so willenloses Versprechen. Daß sie heute kommen würde, wußte er. Es lag keine lange Zeit vor ihnen, in wenigen Tagen mußte sie ja weg, nach Deutschland, an ein kleines Hoftheater, wo sie ihre künstlerische Laufbahn beginnen sollte. Und er suchte in seinem Innern nach dem tiefen Schmerz, den das eigentlich in ihm hätte erregen müssen, aber er fand keinen. Vielleicht war das eben das Schöne, daß die ganze Geschichte sich nicht so ins Ferne und Angstvolle verlor, sondern daß das Ende klar und bestimmt vor ihm lag. Daß sie ihn so lange warten ließ, war ihm fast angenehm, sie mußte kommen, wenn es ganz dunkel geworden war und die Kerzen dort am Klavier brannten. Er zündete sie an, er ließ die Rouleaux herunter und entfernte auch die stählerne Kette, durch welche die grünen Vorhänge zusammengehalten waren. Nun rauschten sie in schweren Falten auseinander. Da öffnete sich die Tür. In einem glatten, dunklen Kleid stand sie da und sagte mit ihrer ruhigen Stimme: »Guten Abend.«

Er trat ihr entgegen, lächelnd, ohne die Erregung zu verspüren, die er selbst erwartet hatte. Er war nur sehr zufrieden. Sie reichte ihm die Hand und trat ein, dann strich sie den blaßroten Schleier zurück und nahm aus dem hellen, flachen Strohhut die lange Nadel, die mitten durch ihre hohe Frisur gesteckt war. Schleier, Hut und Nadel legte sie aufs Klavier. Es kam nur ein mattes Licht von den Kerzen, das aber doch in allen Ecken schimmerte. Sie setzte sich auf den runden Sessel vor dem Klavier und stützte den einen Arm auf den Deckel, während sie die andere Hand über die Augen legte.

Er stand vor ihr. Es war unmöglich, jetzt etwas zu sagen. Sie nahm plötzlich die Hand von den Augen und wandte den Kopf nach aufwärts, so daß sie einander voll ansahen. Sie lächelten beide. Er beugte sich ein wenig zu ihr nieder. Wie er aber die Lippen ihren Augen näherte, wehrte sie ab und sagte: »Nein.« Da sank er vor ihr nieder, nahm ihre Hände und küßte sie ... Mit einem Male stand sie auf, so rasch, daß er ihr kaum folgen konnte. Sie trat zum Fenster hin, zwischen die Vorhänge und ließ ihre Finger mit den Falten spielen. »Nun möchte ich doch wieder Ihre Stimme hören«, sagte sie.

»Was soll ich Ihnen jetzt sagen?« erwiderte er.

»Es ist nicht gut, Richard, wenn Sie nicht reden ... Ich bitte Sie, erzählen Sie mir doch ... Was haben Sie heute den ganzen Tag gemacht? Wo sind Sie gestern abend noch gewesen? Haben Sie an mich gedacht?«

»Ob ich an Sie gedacht habe?« rief er aus. »Hätt' ich was anderes ...«, und er hielt inne. Er hatte eine Scheu vor den Worten, die alle sagen und die man allen sagt. Es war ganz gut, daß sie ihn nach dem gestrigen Abend und nach dem Tag gefragt. Er fing an ihr zu erzählen, wie er gestern noch allein da in dem Fauteuil vor dem Schreibtisch gesessen, und wie er endlich, spät, seine Wohnung verlassen und durch die Straßen spaziert sei, in denen der Dunst des schwülen Augustabends lag.

»Ich bin auch in die Gasse gekommen, in der Sie wohnen, aber die Fenster waren dunkel. Es war freilich schon spät, elf oder zwölf. Ich mußte dorthin. Ja, nach der Luft, in der Sie atmen, Helene, habe ich mich gesehnt, und denken Sie, sogar die unheimlich heimliche Idee hat nicht gefehlt, daß Sie fühlen müssen, wenn ich in Ihrer Nähe bin, und daß es Sie glücklich macht.«

»Daß es mich glücklich macht«, wiederholte sie halblaut und kühl.

Er war näher zu ihr getreten.

»Warum sollte es mich glücklich machen, ich liebe Sie nicht, Richard«, sagte sie plötzlich ganz schroff.

Er hielt betroffen ein.

Sie schüttelte einige Male ganz ruhig den Kopf. »Ich liebe Sie nicht, durchaus nicht.«

Er schaute ihr ins Gesicht. »Und gestern abend?«

»Ich habe Sie auch gestern nicht geliebt. Ich habe einfach ein wenig Komödie gespielt.«

Richard lachte.

»Ich muß Sie vielleicht um Verzeihung bitten, lieber Freund, aber gerade Sie sind der Mann, der mich begreifen wird.«

Richard trat zuerst einen Schritt auf sie zu, dann entfernte er sich und ging hin und her. Dann setzte er sich vor den Schreibtisch hin und stützte die Hand darauf.

»Wollen Sie nicht lieber, daß ich jetzt gehe?« fragte Helene.

»Ich möchte doch Ihre Aufklärung hören«, erwiderte Richard, ohne sie anzusehen. »Warum diese Komödie, nur aus Liebe zum Komödienspielen?«

»Gewissermaßen«, entgegnete Helene ruhig.

»So?«

»Nicht wahr, Sie verstehen mich. Ich wollte wissen, ob es mir gelingen kann, etwas glaubwürdig darzustellen, wovon ich gar nichts empfinde. Ich wollte . . .«

Richard unterbrach sie. »Das ist schon manchen Frauen

gelungen, ohne daß sie große Künstlerinnen gewesen wären.«

»Das glaube ich nicht! Eine Ahnung von dem, was sie
sagen, empfinden sie doch. Und wenn sie nicht gerade
denjenigen lieben, dem sie es versichern, so haben sie
doch irgendeine Erinnerung oder eine Hoffnung in der
Seele, welche sie begeistert. Oder es ist wenigstens Liebes-
sehnsucht in ihnen. Mir fehlt das alles.«

»Sie wissen das ganz bestimmt?«

»Ja, ich bin über zwanzig Jahre alt. Man hat mir schon
oft von Liebe gesprochen und mich darum angefleht, Sie
können sich das denken, aber bis heute begreife ich nicht,
was das heißt, in Versuchung kommen ...«

»Und das soll ich alles glauben?«

»Das steht bei Ihnen. Aber bedenken Sie, daß ich keinen Grund habe, Ihnen die Unwahrheit zu sagen.«

»Vielleicht beliebt es Ihnen, wieder Komödie zu spielen.«

»Daraus würde folgen, daß ich gestern die Wahrheit
sprach – daß ich Sie also liebe?«

»Nicht gerade das. Sie haben sich gestern hinreißen lassen, und Sie sind darauf gekommen, daß Sie sich selbst
getäuscht haben.«

»Ah! Und nun schäme ich mich wohl, das einzugeste-
hen.«

»Das wäre wohl möglich! Denn ich begreife nicht ganz,
was Sie veranlaßt hätte, gerade mich, als ... Opfer Ihres
Talentes auszuerwählen?«

»Gerade Sie mußten es sein, ja, gerade Sie! Es gibt keinen, der mißtrauischer ist als Sie.«

»Daß man geliebt wird, glaubt man doch immer wieder!«

»Wenn das so ist, dann bin ich freilich mit Unrecht auf meine Kunst stolz gewesen. Aber ich erinnere mich an alles, was Sie mir aus Ihrem Leben erzählt haben. Ich wußte, daß Sie sich abgewöhnt hätten, uns Frauen zu glauben. Einmal haben Sie mir sogar gesagt, daß Sie in jedem Worte, das eine Frau zu Ihnen spricht, die Lüge herausspüren.«

»Das habe ich mir eben eingebildet.«

»Aber ich versichere Ihnen, wenn Ihnen eine andere von Liebe sprach, so war es noch immer tausendfach wahrer, als wenn ich es tat. Wenn Sie schon bei den anderen die Lüge gemerkt haben, so hätten Sie bei mir, nach dem ersten Worte, zusammenschauern oder lachen müssen.«

Richard stand auf. »Und haben Sie keinen Augenblick überlegt, daß Sie mich ... daß dieses Spiel ... haben Sie nicht überlegt, daß Sie ...«

Er konnte nicht weitersprechen.

»Daß ich Ihnen vielleicht wehtun könnte? meinen Sie? – Nun, das konnte ich nicht vermeiden. Und wenn ich aufrichtig sein soll, ich habe kaum daran gedacht. Wie mich einmal der Gedanke erfaßt hatte, meine Rolle zu spielen, konnten solche Regungen doch keinen Einfluß mehr haben.«

Sie stand unbeweglich da, während sie sprach, und spielte noch immer mit den Falten des Vorhangs, den sie zwischen den Händen hin und her gleiten ließ. Zuweilen schaute sie ihn mit einem klaren Blicke an, der nur langsam von ihm weg in die Ecke des Zimmers ging.

»Sie haben also nicht daran gedacht, daß eine solche neue Erfahrung ...«

»Nein, man hat Sie ja so oft getäuscht.«

»Aber so völlig, ohne jede Regung ...«

»Ja«, rief sie beinahe freudig aus, »ohne jede Regung.
Und Sie meinten, mein ganzes Wesen sei voll von dieser
Liebe zu Ihnen.«

»Warum kamen Sie heute?« fiel er heftig ein.

»Das mußte ich doch. Wie hätte ich denn erfahren sollen, ob ich gut gespielt habe?«

»Nun, haben Sie nicht gestern bemerkt, daß ich Ihnen
glaubte?«

»Ich war der Meinung, allerdings. Aber ich war nicht sicher genug. Daß Sie heute nacht vor meinen Fenstern auf
und ab gegangen sind, hab' ich nicht gewußt. Ich hätte
auch denken können, daß Ihre Zweifel schon begannen,
nachdem ich Sie verlassen. Das quälte mich sehr. Vielleicht hätten Sie mich mit mißtrauischen Fragen, verzagt,
mit Zweifeln an meiner Liebe empfangen.«

»Und was wäre in diesem Falle gewesen? Sie hätten versucht, mich zu beruhigen, Ihre Rolle womöglich weiterge-
spielt.«

»Ach nein, ich hätte mich eben mit einem Achtungs-
erfolg begnügen müssen. Und dann, es wäre keine Zeit
mehr dazu gewesen, denn ich reise schon morgen ab.«

»Ah?«

»Ja, ein Telegramm des Direktors beruft mich früher
hin, als ich erwartete.«

»Also morgen ... es ist eigentlich erfreulich für mich,
daß Ihnen die Möglichkeit genommen wurde, weiterzu-
spielen.«

»Ich hätte es keineswegs getan.«

»Wer weiß. Das eine darf ich Sie wohl fragen: Wann kam
Ihnen eigentlich die Idee zu Ihrer Komödie? War das
schon, bevor Sie das erste Mal ihren Fuß über meine
Schwelle setzten?«

»Nein.«

»Und warum kamen Sie überhaupt? Warum kamen Sie zu mir?«

»Sie wissen es ja. Sie haben mir Schumann und Chopin vorgespielt, Sie haben sehr gescheite Dinge mit mir geredet.«

»Man kommt doch nicht zu einem jungen Mann, um sich Schumann und Chopin vorspielen zu lassen.«

»Warum denn nicht? Was hat es denn für eine Gefahr, da Sie mir stets vollkommen gleichgültig gewesen sind?«

»Aber die Idee muß Ihnen früher gekommen sein. Ihr Liebesgeständnis hat mich durchaus nicht überrascht. Seit Tagen schon drängte alles dazu, es kam ja nicht plötzlich.«

»Das scheint Ihnen heute so. Gestern hätte es Sie durchaus nicht befremdet, wenn ich Ihnen einfach beim Kommen gesagt hätte: Lieber Freund, ich will Ihnen nur adieu sagen, ich reise ab, bleiben Sie mir gewogen. Ist es nicht so? Warum ich mir eine solche Mühe geben muß, Ihnen das auseinanderzusetzen?! Sie können es heute gar nicht fassen, daß ich Sie nicht liebe, nachdem Sie vor einigen Tagen noch nicht an Liebe geglaubt haben.«

»Nun also, Sie haben großartig gespielt! Sind Sie nun zufrieden?«

»Noch nicht ganz, ich muß noch eines von Ihnen hören, daß Sie sich nicht verletzt fühlen.«

»Sie verlangen nicht wenig.«

»Sie müssen mich verstehen, wenn Sie ein Künstler sind. Ich bin nun einmal nicht wie andere. Sie ahnen nicht, wie es mich manchmal selbst schaudert, so einsam durch eine ganz fremde Welt zu gehen. Was hab' ich schon alles gesehen, was hat man mir schon erzählt! Daß alle diese Freuden und Schmerzen existieren, welche das Wesen der Liebe ausmachen, muß ich wohl glauben. – Ich sehe es rings um mich, und es scheint auch, daß alle die Komödien, in welchen ich auftreten werde, nicht viel anderes enthalten. Mir ist das alles, alles fremd. Alle Fähigkeit des Empfindens ist in der Leidenschaft für meine Kunst abgeschlossen. Ich muß spielen, Komödie spielen, immer, überall. Ich habe stets dieses Bedürfnis, besonders dort, wo andere ein großes Glück oder ein tiefes Weh empfänden. Ich suche überall Gelegenheit zu einer Rolle.«

»Und Sie haben schon oft eine ähnliche gespielt wie gestern abend bei mir?«

»Unbewußt, früher einmal. Ich war kokett, aber meine Koketterie ging eben nicht wie bei anderen jungen Mädchen aus einem unklaren Verlangen nach Liebe hervor, sondern eben wieder nur aus dem Vergnügen, eine Rolle zu spielen. Die anderen übertreiben doch eigentlich nur ein Gefühl, das sich in ihnen zu regen beginnt. Ich aber mußte in solchen Fällen stets aus dem Nichts schaffen.«

»Aber so vollendet wie gestern haben Sie noch nie gespielt? Und so weit sind Sie noch nie in der Ausgestaltung Ihrer Rolle gekommen? Ich frage nur: warum?«

»Ich sagte es Ihnen ja schon. Gerade einen Menschen wie Sie brauchte ich dazu, einen, der nur sehr schwer zu überzeugen ist und den ich dann auch wirklich in Ruhe fragen durfte, wie er mit meiner Leistung zufrieden war.«

»Vielleicht irren Sie sich. Vielleicht haben Sie nur deshalb besser gespielt und weiter gespielt als sonst, weil sich zu dem, was Sie erfanden, etwas Echtes beigesellte, ohne daß Sie es ahnten.«

»Nichts! … Nichts … Nichts! … Seien Sie doch nicht so eitel.«

»Nun, dann, meine Liebe, bedaure ich nur, daß Sie nicht den Mut hatten – ganz bis zu Ende zu spielen.«

Helene zuckte unmerklich zusammen. Dann aber lächelte sie und reichte ihm die Hand. »Ich bin mit meinem kleinen Triumphe ganz zufrieden, und nun lassen Sie mich gehen. Auf Wiedersehen will ich Ihnen nicht sagen, denn Ihre Sympathie für mich ist nun wohl vorbei. Leben Sie wohl.« Sie nahm Hut und Schleier vom Klavier.

»Und nun bedenken Sie nur«, setzte sie fort, während sie die Nadel durch den Hut steckte, »wenn Sie mich nun liebten! Wenn wir von einander Abschied nehmen müßten auf immer vielleicht, wenn Sie ein angebetetes Wesen in die Fremde ziehen ließen, für das Sie zittern müßten! So scheiden wir lächelnd, und das ist doch eigentlich viel schöner.«

»Wenn Sie es wünschen, Helene, so will ich lächeln.«

Sie reichte ihm nochmals die Hand. »Wenn Sie es jetzt nicht tun, so wird es in ein paar Stunden oder morgen geschehen. Daß Sie mich verstehen werden, sobald Ihr erster Zorn dahin ist, daran kann ich nicht zweifeln. Die Liebe soll sehr eigensinnig sein und rücksichtslos. Warum sollte Sie's wundernehmen, daß auch die Kunst in dieser närrischen Weise geliebt werden kann, von einer, die andere Liebe nicht kennt. Nicht wahr? Und nun . . . leben Sie wohl.«

Er antwortete nicht, nickte mit dem Kopfe und blieb mitten im Zimmer stehen. Sie war an der Tür. Da wandte sie sich noch einmal um, als hätte sie noch etwas zu sagen. Sie ging aber wortlos, und er war allein.

Sie eilte rasch die Treppe hinunter und war gleich auf der Straße, ging rasch bis zur Ecke, wo sie in die Nebengasse einbog, so daß sie von seinem Fenster aus nicht mehr gesehen werden konnte. Hier blieb sie eine Weile stehen und atmete tief auf. Dann aber eilte sie weiter, mit schnellen Schritten und mit immer schnelleren, als ob sie fliehen wollte.

Fritzi

Im Ballanzug sitze ich vor meinem Schreibtisch. Ich muß doch noch in den alten Blättern herumstöbern, bevor ich zu Weißenbergs gehe, wo ich sie wiedersehen soll. Wie viele Blätter liegen nun schon da, und die ersten fangen an gelb zu werden, vergilbt, würde ich sagen, wenn ich ein Romantiker wäre. Wie wenig man doch die Bedeutung der einzelnen Dinge abschätzen kann zur Zeit, da man sie erlebt und aufnotiert. Da finde ich Abenteuer in breiten Sätzen und großen Worten verzeichnet, an welche ich mich kaum mehr erinnern kann. Als wären es Geschichten von fremden Menschen. Und dann wieder Andeutungen, kurze Bemerkungen, die niemand anderer verstehen könnte als ich, der sie selbst niedergeschrieben – und aus einer kleinen Bemerkung blüht mir wieder die ganze Zeit mit ihrem Duft entgegen, und alle Einzelheiten werden jung und lebendig. Ich habe um acht Jahre zurückgeblättert, denn gerade auf jene Winterabende kam es mir an. Nur ein paar Mal steht der Name Fritzi in den alten Blättern. Einmal ganz einfach »Fritzi«. Und ein zweites Mal »Fritzi reizendes Grisettenköpferl, klagende und lachende Augen«. Und selbst jener Dezemberabend, an welchem ich sie zum letzten Mal sah, weil ich tags darauf die Stadt verlassen mußte, ist mit zwei Zeilen abgetan: »Fritzi ... Abschied ... der rote Schein am Himmel ... ja-

gende Leute ... wie sie davonflog ...« Und wie ist das alles
in mir wach und klar, obwohl ich doch eigentlich alle die
Jahre über recht wenig an sie gedacht habe. Es mag ja
auch sein, daß ich damals vor acht Jahren die Verpflichtung
gefühlt hätte, mehr über sie in diese Blätter einzuschrei-
ben, wenn mir nur eine Ahnung gekommen wäre, daß
in dieser kleinen Konservatoristin eine große Künstlerin
steckt, die heute dem ganzen Wiener Publikum den Kopf
verdreht. Wie solche Geschichten manchmal zu Ende gehen oder eigentlich abreißen! Und wo man nur diese Erinnerungen bewahrt, um die man sich jahrelang nicht
kümmert und die man dann nach geraumer Zeit so blank,
so licht, so unverändert wiederfindet, als hätte sie der
Hauch täglichen Gedenkens frisch erhalten. Nun träum'
ich das ganze Erlebnis von der Sekunde seines Beginnens
wieder vor mich hin, bis zu jenem letzten Abend, der so
merkwürdig endete. Es ist mir, als sähe ich auch die ganze
glutrote Beleuchtung wieder, unter der die Stadt stand. Es
muß wohl elf Uhr gewesen sein, als wir aus dem Haustor
traten. Die Nacht war kalt. Fritzi schmiegte sich an mich,
frierend und zärtlich. Kaum waren wir aus der engen
Gasse, in der ich wohnte, in die Währingerstraße gekommen, so merkten wir, daß etwas Ungewöhnliches vorge-
hen müsse. Es waren mehr Menschen auf der Straße als
gewöhnlich, die rasch immer in einer Richtung gegen
den Ring sich bewegten. Und nun sahen wir den glutro-
ten Schein am Himmel. Die Leute riefen: Es brennt, es
brennt! »Komm schnell«, sagte Fritzi. Und wieder rannten
Leute an uns vorbei, und sie schrien: Das Ringtheater
brennt. »Wie?« fragte Fritzi. Und wieder andere rannten
an uns vorbei und sagten: Das Ringtheater brennt! Plötzlich schrie Fritzi auf wie eine Wahnsinnige. Sie ließ mei-

nen Arm los und blieb einen Moment stehen, dann schaute sie zum Himmel auf, der immer dunkelroter wurde. Sie
fuhr zusammen, als würde ihr etwas Entsetzliches klar,
und dann stürzte sie fort, ohne sich nur nach mir umzu-
wenden. Ich versuchte sie einzuholen, aber ich hatte sie
sofort in der Menschenmenge, die immer beträchtlicher
anwuchs, verloren. Ich muß gestehen, daß mich das im
ganzen und großen wenig aufregte, ich weiß sogar noch,
daß ich, nachdem ich ein paar Mal »Fritzi, Fritzi« gerufen,
ganz ruhig vor mich hin sagte: hysterische Person. Dann
kam mir auch der tröstliche Gedanke, daß durch dieses
plötzliche Davonstürmen etwas sehr Peinliches und Rüh-
rendes vermieden worden war, nämlich der Abschied in
der Nähe ihrer Wohnung, der vielleicht einer auf ewig
sein sollte. Ich ging damals noch die halbe Nacht spazieren; eine Weile stand ich auch vor dem brennenden Theater. Am Morgen darauf reiste ich ab. An Fritzi habe ich ein
paar Zeilen von München aus gesandt, ich erhielt aber
keine Antwort. Und das sind nun acht Jahre. Unterdessen
ist die kleine Fritzi eine große Sängerin geworden, und in
einer halben Stunde werd' ich sie wiedersehen. – – –

Später: Ja, ich habe Fritzi wieder gesehen und wieder
gehört und wieder gesprochen. Sie stand im Gespräch mit
zwei Herren vor dem großen Wandspiegel des Salons, als
ich eintrat. Sie erkannte mich gleich, als ich sie begrüßte,
und streckte mir freundlich und harmlos die Hand entgegen. Nur in ihrem Lächeln lag es wie eine Erinnerung.
»Wir haben uns lange nicht gesehen«, meinte sie. Ich
hatte das Gefühl meiner Wichtigkeit sofort verloren, aber
ich fühlte mich ganz wohl dabei. Ich forderte Fritzi auf,
beim Souper meine Nachbarin zu sein. »Schade, daß Sie
nicht früher gekommen sind«, erwiderte sie, »man hat

sich so um mich gerissen, daß ich Ihnen höchstens schief
vis-à-vis sitzen kann. Meine rechte Seite, meine linke Seite und sogar mein gerades vis-à-vis habe ich schon ver-
geben.«

So kam es also, daß ich ihr schief vis-à-vis saß. Um zu ihr
hinüberzuschauen, mußten sich meine Augen um einen
großen Aufsatz mit Trauben, Nüssen und Pfirsichen sozusagen herumschlängeln. Ich hatte übrigens eine sehr gescheite Nachbarin, mit der ich bald in ein vergnügtes Plaudern kam. Es war die Flegendorfer. Und so geschah es, daß
mir bereits beim Braten die unsägliche Lächerlichkeit
sämtlicher Anwesenden außer mir und Frau Flegendorfer
über jeden Zweifel klar war. Es war sehr amüsant. Das
Stimmengewirr um den reichbesetzten Tisch mit seinen
trefflichen Weinen wurde immer lauter und lebhafter,
und bald war die Crème- und Champagnerstimmung da.
Da ereignete sich etwas Sonderbares. Aus all den Leuten
heraus, als begänne sie jetzt erst zu sprechen, hörte ich
plötzlich die Stimme Fritzis, und zwei Worte klangen an
mein Ohr: »die Flammen ...«

Offenbar hatte sie diese Worte auch lauter gesprochen
als die andern, denn die nächsten verklangen wieder im
Lärm. Aber schon nach ein paar Sekunden konnte ich
ihre Stimme wieder so deutlich vernehmen, daß ich Silbe
für Silbe verstand. Und nun merkte ich auch, daß es Fritzi
war, welche das Gespräch beherrschte. Sie hatte die allgemeine Aufmerksamkeit erzwungen, alle hörten ihr zu.
Und zu ihr wandten sich alle Blicke. Ich kam allerdings
erst im Laufe einiger Sekunden zu dieser Betrachtung,
denn im Anfang war ich in einer Weise frappiert ...

»Die Flammen schlugen in den Zuschauerraum«, sagte
sie. »Ich hatte eigentlich im ersten Augenblicke durchaus

nicht die Empfindung einer fürchterlichen Gefahr, sondern, daran erinnere ich mich noch ganz genau, ich sagte
zu mir selbst: Wie groß, wie herrlich schön.«

»Wovon erzählt sie denn da?« fragte ich leise die Flegendorfer.

»Nun«, erwiderte diese, »es ist ihre bekannte Geschichte, auf die sie reist. Sie kann in keine Gesellschaft gehen,
wo sie sie nicht zum besten gibt. Sie macht es übrigens
famos, hören Sie nur.«

Ich hörte, es war wirklich erschütternd:

»Mir war es«, sagte sie, »als wären diese Flammen nichts
Feindseliges, nichts, was mich bedrohte. Ich starrte hinein
mit Interesse, vielleicht mit Begeisterung, gewiß nicht mit
Furcht. Da plötzlich fühlte ich mich gestoßen, nein, nicht
gestoßen, gehoben, und um mich herum war ein schauer-
licher, ungeheurer Lärm, als stürzte alles zusammen; und
es heulte wie ein Sturm durch den Raum, und vor die rote
Glut legte sich grauer, dunkler Rauch. Plötzlich kam ein
gewaltiger Ruck nach einer bestimmten Richtung. Mit einem Mal war es dunkel, und ich konnte mich nicht rühren. Um mich herum wurde geflucht und gejammert. Ja,
auch ich schrie mit einem Male auf, ich weiß, daß ich ein
paar Sekunden lang schrie und dabei kaum begriff, warum. Und plötzlich spürte ich an meinem Halse Nägel,
Krallen. Irgendwer klammerte sich an mich. Es wurde an
meinem Halskragen gerissen, meine Taille wurde mir einfach vom Leibe gezerrt.«

»Dazu«, flüsterte mir Frau Flegendorfer zu, »hat damals
noch das Ringtheater abbrennen müssen.«

»Pst«, machte ich, denn ich war gespannt, atemlos gespannt.

Fritzi erzählte weiter. Sie erzählte, wie sie in einer ganz

rätselhaften Weise gestoßen, geschoben, gehoben, über dunkle Gänge, über dunkle Stiegen ins Freie auf die Straße gekommen war.

»Ich war wie gebannt«, sagte sie, »konnte nicht fort. Ich hatte die Empfindung: Hier mußt du stehenbleiben, bis alles vorbei ist. Ich war ruhiger als alle Menschen, die da herumstanden, und daß ich selbst da drinnen in dem brennenden Hause gewesen sein sollte, das war mir wie ein dumpfer Traum. Plötzlich aber fuhr es mir durch den Kopf, was mir unbegreiflicherweise noch keine Sekunde lang zum Bewußtsein gekommen war: Um Gottes willen, meine Mutter! Ich hatte ihr ja gesagt, daß ich ins Ringtheater gehen wolle, wie ich ja zu jener Zeit als blutige Anfängerin fast jeden Abend ins Theater ging. Es war schon damals meine Leidenschaft.«

Bei dieser Stelle ihres Berichtes wurde ich verlegen. Wir sind doch besser, wir Männer!

Fritzi erzählte weiter. »Ich ging, ich lief, nein, ich stürzte nach Hause. Und nun denken Sie! Als ich nach Hause kam, war es bereits elf Uhr, mehr als drei Stunden war ich vor dem Theater gestanden, ohne nur ein Bewußtsein davon zu haben, daß die Zeit verging. So stelle ich mir eigentlich den Wahnsinn vor. Das Wiedersehen mit meiner Mutter kann ich Ihnen kaum schildern. Ich weiß nur eines, der Augenblick, da wir uns wieder in den Armen lagen, wird mir unvergeßlich bleiben, unvergeßlich!«

Man war gerührt, als Fritzi geendet hatte. Einige Herren standen auf, traten mit den gefüllten Gläsern auf sie zu und stießen mit ihr an. Jetzt trafen sich unsere Blicke. Einen Moment lang starrte sie mich ganz gedankenlos an, dann aber glitt ein ganz sonderbares Lächeln über ihre Züge – ach, ein Lächeln, das ich noch so gut kannte. Sie

nahm ihr Glas und ließ es mit dem meinen zusammen-
klingen.

»Auf Ihre wunderbare Rettung«, rief ich aus und leerte
mein Glas. Gleich nach dem Souper trat sie auf mich zu
und reichte mir beide Hände, als wollte sie mich um Ent-
schuldigung bitten. »Es scheint also wirklich«, sagte sie,
»daß Sie es waren.«

»Es scheint so?« entgegnete ich ein wenig befremdet.

»Nun«, sagte sie, »ich habe es immer geahnt, daß sich
die Geschichte nicht genau so zugetragen hat, wie ich sie
erzähle, aber ich habe schon angefangen an sie zu glauben – und wären Sie mir um ein paar Jahre später wieder
begegnet, so hätten Sie mich kaum mehr überzeugen
können; denn mir ist heute, als hätte ich sie wirklich erlebt. Ich habe die Geschichte so oft erzählen müssen, den
Verwandten und dann den Kollegen, den Kolleginnen
und allen möglichen Leuten, daß sie schon beinahe wahr,
jedenfalls aber berühmt geworden ist.«

»Da sehen Sie, Fritzi«, sagte ich, »ein wie ungerechtes
Ding der Ruhm eigentlich ist. Der ihn am meisten verdient, an dem geht er vorüber.«

»Wieso?« fragte sie.

»Nun, ich denke doch«, erwiderte ich ihr, »wenn ihn
einer verdient, so bin ich's, Fritzi« – und ich neigte mich
näher zu ihr, ganz nah zu ihrem Ohr –, »ich, Fritzi, dein
Lebensretter.«

Exzentrik

Gestern nacht sitz' ich im Kaffeehaus, da sagt plötzlich einer hinter mir: »Ah non – ça – nie wieder!«

Ich hätte nicht aufzusehen brauchen; das war *August*. Er war schön und elegant wie immer. Mit jener wunderbaren Leichtigkeit, um die ich ihn immer im stillen beneidet habe, nahm er an dem kleinen Tischchen mir gegenüber Platz, ohne den gelben Überzieher, der ihm nur um die Schultern hing, abzulegen, rückte den kleinen, steifen, runden, schwarzen Hut, über den noch mehr zu sagen sein wird, tief in die Stirn und rief einen Kellner herbei, der, über dem Billard liegend, eine Zeitung las. Es war nämlich halb drei Uhr morgens, im Mai, und wir waren die letzten Gäste.

Der Kellner kam rasch herbei. »Guten Abend, Herr von Witte.«

»Was, guten Abend – nom d'un nom – wollen Sie mich frozzeln? Bringen Sie mir lieber was zum Essen oder Trinken.«

»Bitte, Herr von Witte – einen kleinen Schwarzen – einen Kognak . . .?«

August sah den Kellner düster an. »Sie irren sich«, sagte er, »bringen Sie mir zwei Sardinen, zwei weiche Eier in einem harten Glas, ein Schinkenbrot und eine Flasche Bier.«

Der Kellner verschwand. August nahm mir die Zeitung aus der Hand und schleuderte sie auf einen andern Tisch. »Ich bin nämlich da, verstehst du?«

»Man merkt es«, erwiderte ich heiter. »Woher kommst du denn so spät?«

»Woher . . .?« sagte August und sah mich mit einem wehmütig-dämonischen Blicke an. »Ich würde an einen Menschen um drei Uhr morgens, wenn er nicht zufällig im Frack ist, nie eine solche Frage stellen. Aber du bist und bleibst ein Rüppel wohl«, setzte er hinzu, indem er den armen Mitterwurzer nicht ohne Glück zu kopieren versuchte, »ein Rüppel, ein Rüppel!«

Ich erwiderte nichts, nahm eine Zeitung und las eine Weile. Plötzlich strömte mir aus dem Blatt eine sonderbare Wärme entgegen, gleich darauf fing die Notiz über die neue Operette von Charles Weinberger zu glühen und zu verkohlen an, und das Ende einer frisch angezündeten Zigarette erschien im Mittelpunkt. Aber ich lächelte nur wenig; so verwöhnt hatte mich August im jahrelangen vertrauten Umgang durch ähnliche und noch viel bessere Scherze.

»Soll ich dir einen Rat geben?« fragte er dann plötzlich.

»Ich bitte darum«, antwortete ich höflich.

August sah mich an und sagte scharf und bestimmt: »Alles, mein Lieber, du verstehst mich, alles, nur keine Exzentriksängerin!«

»Gewiß, gewiß«, sagte ich.

»Alles«, wiederholte August – »Blumenmädeln, alleinreisende Damen aus Rumänien, Flötenbläserinnen, Schornsteinfegersgattinnen, Tragödinnen. Les dernières des dernières . . . Alles, mein Lieber, nur keine Exzentrik!«

Ich nickte schlagfertig. Der Kellner brachte, was August bestellt, und mein Freund begann zu essen und zu trinken. Aber schon nach dem ersten Schluck Bier sprach er weiter. »Gegenüber diesen Geschöpfen ist man nämlich wehrlos, und das ist das Entsetzliche. Ich will es dir erklären. Mit einem guten Freund, den man bei seiner Geliebten erwischt, kann man sich schlagen, einen oberflächlichen Bekannten kann man auf der Stelle niederschießen, und einen Fremden, wenn er nicht sehr chic ist, prügelt man einfach durch. Das sind lauter Fälle, in denen man weiß, wie man sich zu benehmen hat, weil man es mit normalen Menschen zu tun hat. Aber was habe ich erleben müssen von dem ersten Augenblick, da ich Mademoiselle Kitty de la Rosière geliebt habe, bis . . .« Er nahm seine Uhr aus der Westentasche, legte sie vor sich hin – »bis vor einer Stunde.«

»Gute Nacht!« sagte ich und stand auf.

»Oh!« rief August, »Kellner, sperren Sie die Türe zu!«

»Bitte sehr, bitte gleich«, erwiderte der Kellner, der beinah so witzig war wie August, eilte zur Tür und sperrte ab.

»Setz dich nieder, mein Lieber«, sagte August, »ich werde dir eine Geschichte erzählen, daß du . . .« (er nahm jetzt zum Scherz den Ton Lewinkys an und verdrehte die Augen), »daß du bis ins Mark der Knochen schaudern wirst. Les amours de Monsieur August Witte et de la très-jolie Kitty de la Rosière. – Heinrich, eine Virginia!« Er lehnte sich in die Ecke, indem er den Ellbogen auf den Fensterpolster stützte; den kleinen, steifen, schwarzen, runden Hut, über den noch manches zu sagen sein wird, hatte er noch immer auf dem Kopf, den Überzieher noch immer über den Schultern und sah interessanter aus als je. Ich war sehr schläfrig, und nur die Hoffnung, daß mein Freund mir von einer Blamage erzählen würde, hielt mich noch aufrecht.

»Sie hat mich betrogen«, begann er.

»Ah!« sagte ich, angenehm berührt.

»Du wirst mich nicht für so geschmacklos halten, daß ich dir das als etwas Besonderes erzählen sollte. Du kannst dir denken, daß ich darauf gefaßt war: aber ich hatte anfangs die Hoffnung, nicht darauf zu kommen. Darin hab' ich es nämlich zu einer wahren Virtuosität gebracht. Ich besuche meine Schönen (August hatte manchmal solche Ausdrücke aus der alten Schule) nie zu einer ungewohnten Stunde, ich lese nie die Briefe, die ich zufällig auf dem Tische finde, ich entferne mich sofort aus jedem Lokal, falls ich ihren Namen am Nebentisch von einem Fremden nennen höre, und wenn ich trotz aller dieser Vorsichtsmaßregeln etwas erfahre, glaub' ich es einfach nicht. Aber alle diese Maßnahmen haben bei Kitty versagt. Erinnerst du dich an Little Pluck?«

»O freilich, dieses kleine Scheusal.«

»Kitty scheint das nicht gefunden zu haben. Ich muß vorausschicken, daß ich durch etwa vierzehn Tage mit ihr namenlos glücklich war. Jeden Abend nach der Vorstellung pflegte ich ihr meine Visite zu machen; um elf war ihr Auftreten, um eins das meine. Sie empfing mich jederzeit mit großer Herzlichkeit. Auch an jenem Abend war nichts anderes verabredet worden.«

»An welchem Abend?«

»Da Little Pluck, das kleine Scheusal, zweieinviertel Fuß hoch, achtzehn oder neunundfünfzig Jahre alt, debütiert hatte. Ich trete bei Kitty ein, wie immer Punkt eins, wen find' ich ...? Little Pluck – wie soll ich sagen? – zu ihren Füßen. Ich war sprachlos. Trotzdem ein Mißverständnis nahezu ausgeschlossen war, erwartete ich irgendein erlösendes Wort von ihr – zum Beispiel: ›Du irrst dich ...‹ Aber sie sprach es nicht aus. Sie sah mich mit sehr großen Augen an und sagte nur die unvergeßlichen Worte: ›N'est-il

pas drôle?‹ Im ersten Moment, so tief eingewurzelt sind
unsere Instinkte, zuckte mir die Hand; aber wie ich Little
Pluck betrachtete, dieses vollkommen lächerliche Subjekt –
viel lächerlicher in diesem Augenblick, als Worte aus-
drücken können –, schwand mein Zorn, und ich sagte mir:
›Du kannst einen Zwerg weder schlagen, noch kannst du
dich mit ihm schießen.‹ Ich griff nur die Bemerkung Kittys auf, sagte: ›Bien drôle! Bien drôle!‹, nickte, lächelte
und ging.«

»Also das ist dir heut passiert?«

»Heute? – Nein, das war vor zwei Monaten. Ich verzieh
ihr. Und ein paar Wochen waren wir sehr glücklich.«

»Blieb Little Pluck im Engagement?« fragte ich mit
einem sardonischen Lächeln.

»Ich verstehe deine beleidigende Anspielung«, erwiderte August. »Aber ich kann dir versichern, daß Little
Pluck, trotzdem er einen ganzen Monat lang bei Ronacher auftrat, nie wieder von Kitty empfangen wurde, wenn
ich nicht dabei war. Und am Abend seines letzten Auftre-
tens hab' ich Little Pluck sogar eine kleine fête gegeben
bei Kitty, und trotzdem er betrunken war wie ein Schwein,
benahm er sich höchst anständig, so daß ich Kitty gestat-
tete, ihn zum Abschied zu küssen. Am nächsten Morgen
reiste er nach Triest; wir haben ihn auf die Bahn begleitet,
und Kitty weinte. Ich war im ganzen eher froh, daß er weg-
fuhr. – Aber das Programm bei Ronacher wechselt, wie dir
wohl bekannt ist. «

»Aha!« sagte ich.

Der Ausdruck meines Gesichtes mochte in diesem Augenblick für August nicht sehr schmeichelhaft gewesen
sein, denn er warf mir, allerdings nur scherzweise, aber
doch mit einem gewissen Ärger, eine Semmel ins Gesicht.

Während ich sie wieder in den Brotkorb legte, erzählte
August weiter.

»Statt Little Pluck erschien im Programm eine Num-
mer, die berechtigtes Aufsehen machte. Die rührige Di-
rektion – der Teufel soll sie holen – engagierte ›The two
Darling‹, die beiden Riesen aus Tibet, das größte Brüder-
paar, das je gesehen wurde.«

»Zwei!« rief ich aus, ohne damit etwas Besonderes sagen
zu wollen. Aber August mußte mich mißverstanden haben, denn er nannte mich einen Schurken. »Immerhin«,
setzte er hinzu, »ahnst du das Richtige. Am Abend, da ›The
two Darling‹ zum ersten Mal aufgetreten waren, ging ich
wie gewöhnlich zu Kitty. Was soll ich dir viel erzählen? . . .
Es war nur der eine von den beiden Riesen, aber es ge-
nügte mir.«

»Dir«, sagte ich mit einem so zynischen Ausdruck, daß
ich vor mir selbst erschrak. August starrte mich zuerst an,
dann erhob er sich plötzlich und bewegte die Lippen zu
einem schauerlichen Fluch. Aber da er, wie man gewiß
schon bemerkt hat, der besten Gesellschaft angehört, beherrschte er sich, setzte sich wieder und sprach mit einem
gewissermaßen resignierten Ton weiter. »Kitty war gefaßt
wie immer. Der Riese grinste mich an und schien anfangs
in einer leichten Verlegenheit. Als er aber Kittys Ruhe bemerkte, gewann er der Sache sozusagen eine heitere Seite
ab, lachte herzlich, was ungefähr klang wie ferner Donner,
und sagte dann zu mir: ›Good evening, Sir. I am very glad
to see you. What can I do for you?‹ – Ich will nicht leugnen,
daß ich anfangs nahe daran war aufzubrausen, aber noch
zu rechter Zeit fuhr mir durch den Kopf, welchen Produktionen ich vor kaum zwei Stunden bewundernd beige-
wohnt: jener Darling hatte sieben Männer zugleich in die

Höhe gehoben, Eisenstangen mitten entzweigeschlagen und mit drei Zentner schweren Kugeln Ball gespielt. Ich unterdrückte daher meinen Unwillen und sah Kitty mit einem Blick an, den sie wahrscheinlich nicht ganz richtig auffaßte. Denn statt sich zu entschuldigen, sagte sie mit ihrer unbeschreiblichen Ruhe: ›Tu sais, mon chéri, je ne comprends pas un mot de ce, ce qu'il dit!‹ – Du wirst zugeben, daß das selbst einem Geduldigeren als mir über den Spaß gegangen wäre. Mein Blut kochte, ich fühlte, daß diese Szene ein entsetzliches Ende nehmen mußte, und ich ging fort, ohne zu grüßen.«

»Flegel«, sagte ich.

»Als ich am Tage darauf«, setzte August fort, ohne meinen Vorwurf zu beachten, »Kitty meinen Besuch machte, empfing sie mich heiter wie immer. Ich war zu rücksichtsvoll, um die peinliche Szene von gestern zu berühren, und Kitty schien sich ihrer nicht mehr zu erinnern. Vielleicht bildete sie sich auch ein, daß sie geträumt hatte – was weiß ich! Sicher ist nur – die Weiber sind ja rätselhaft –, daß sie mich an diesem Tage mehr liebte als je. Am selben Abend saß ich wieder in einer Loge bei Ronacher. The two Darling traten auf, und da sie einander so ähnlich sahen, daß sie unmöglich voneinander zu unterscheiden waren, so hatte ich keine Ahnung, welchen von beiden ich bei Kitty getroffen hatte. Ich glaube, auch Kitty hat es nie mit Bestimmtheit erfahren. Aber das ist egal. Sicher ist nur, daß ihr Verkehr mit den beiden Riesen von nun an ein wahrhaft harmloser und kameradschaftlicher blieb.«

»Wie!« schrie ich so heftig, daß die Fensterscheiben klirrten.

August setzte unbeirrt fort: »Nie wieder habe ich einen allein bei Kitty getroffen. Sie pflegten vor der Vorstellung den Tee bei ihr zu nehmen, und auch ich wurde manchmal dazu geladen. Da die beiden Riesen kein Wort Französisch und Kitty keine Silbe Englisch verstand, war ich sozusagen der Dolmetsch.«

»Und wenn du nicht oben warst«, fragte ich herzlich, »wie haben sie sich da verständigt?«

August betrachtete mich. »Wenn du auch dein kindliches Gesicht schneidest«, entgegnete er mir würdig, »ich merke wohl, daß du mit dieser Frage Kitty zu verdächtigen suchst. Aber ich sage dir, es hat sich nach jenem Auftritt für mich nie wieder ein Grund ergeben, an Kitty zu zweifeln. Ich meine wenigstens in Hinsicht auf die Riesen. Es war eine Kaprize gewesen – mein Gott, ich habe auch meine Kaprizen! Und wer weiß, wie ich mich einer Riesendame gegenüber verhalten würde. Ich versichere dir, The two Darling waren wie die Kinder; einmal kam ich dazu, wie die beiden Riesen mit Kitty Ball spielten ... der eine Riese stand in der einen Ecke des Zimmers, der andere in der anderen ... oder umgekehrt, ich habe die Kerls nie auseinandergekannt – und Kitty flog über den Teetisch hin und her.« August lächelte etwas blödsinnig in der Erinnerung an die heitere Szene. Plötzlich verdüsterte sich aber sein Antlitz, und er setzte fort: »Gestern war ihr letztes Auftreten. Heute früh um sechs haben wir die Riesen auf die Bahn begleitet, Kitty und ich. Es war ein unglaubliches Aufsehen am Perron, besonders wie The two Darling vom Coupéfenster aus mit zwei Leintüchern zum Abschied winkten. Ich führte Kitty im Fiaker nach Hause. Ich mußte sie trösten, und sie erwies sich so dankbar, daß ich erst zu Mittag ins Büro kam. Wenn ich bedenke, daß das heute früh war... was hat sich seitdem alles verändert!«

»Unter anderm jedenfalls«, bemerkte ich ahnungsvoll, »das Programm bei Ronacher.«

August blickte mich an wie ein verendendes Reh. »Was willst du«, sagte er, »das Publikum muß Abwechslung haben.«

»Wer war es?« fragte ich einfach.

»The Osmond Troup«, erwiderte August errötend.

»Wieviel?« fragte ich gepreßten Tones.

»Sieben!« erwiderte August.

»Sieben!« wiederholte ich, freudig bewegt.

»Laß das«, antwortete er still. »Ich will dir nicht verhehlen, daß mich schon während der Vorstellung unangenehme Ahnungen beunruhigten. Die Osmonds sind Leute von einer unglaublichen Beweglichkeit, von sehr viel Witz und riesig musikalisch. Viel Neues haben sie nicht gebracht, aber es war alles viel virtuoser, als ich es je gesehen. Im allgemeinen sind's ja die bekannten Stückerln: sie treten mit einem Höllenlärm auf, schlagen Purzelbäume, hauen einander Baßgeigen um den Schädel, reißen Tischen die Füße aus und blasen den Tannhäusermarsch darauf, setzen sich auf Samtfauteuils, und es wird ›Hab' ich nur deine Liebe‹ daraus, und so weiter. Als ich jetzt die Kerle durcheinanderspringen und ihre Tollheiten treiben sah, entwickelte sich in mir sozusagen à conto eine Eifersucht« (ich halte mich sklavisch an die Ausdrucksweise meines Freundes, die nicht immer seinen Beruf vergessen ließ); »denn nach meinen bisherigen Erfahrungen mit Kitty konnt' ich nicht daran zweifeln, daß mir die heutige Nacht wieder etwas Peinliches bringen würde. Aber plötzlich kam mir ein Gedanke, der mir Trost, Friede, ja eine Art von Genugtuung brachte. Es waren nämlich lauter wohlgewachsene Leute, keine Zwerge, keine Riesen, es wa-

ren sozusagen Männer wie du und ich.« Ich verbeugte
mich dankend. »In diesem Falle war ich jeder Rücksicht
enthoben. Ich konnte jeden von den sieben Kerlen tot-
schlagen, ohne mich lächerlich zu machen. – Um Mitternacht war die Vorstellung aus. Von zwölf bis eins ging ich
spazieren: während dieser Stunde erwachte eine neue
Hoffnung in mir, daß diesmal ihre Tür versperrt sein würde. Es war eine trügerische Hoffnung; sie war nur angelehnt, hinter ihr hörte ich plaudern, lachen; ich trat ein,
und wie du richtig vermutest: es war einer von den sieben.«

»Wahrscheinlich der Kapellmeister«, sagte ich, eigentlich ziemlich gedankenlos.

»Wie soll ich das wissen!« entgegnete August. »Bei Ronacher waren doch die Leute alle geschminkt und in Ko-
stümen, was ich von dem Menschen, den ich bei der
Elenden antraf, nicht behaupten kann. Es war, wie ich erwartet, ein hübscher, junger Mann, wie ich.« – Von mir
sprach er nicht mehr. – »Kitty, die Unbegreifliche, schaute
mich an und sagte mit einem liebenswürdigen Lächeln:
›Si je ne compte pas mal, c'est la troisième fois.‹ – ›Et la
dernière, je t'assure‹, sagte ich in einem Ton, den sie gewiß noch nie von einem Menschen gehört. Dann wandte
ich mich zu dem Osmond, der gemütlich seine Zigarette
weiterrauchte und – na, sagen wir: sitzengeblieben war,
packte ihn beim Arm und sagte: ›Sie sind ein Lump, mein
Herr, und ich werde Sie züchtigen. Nicht vielleicht, weil
ich auf Weiber dieser Sorte eifersüchtig bin, sondern weil
es mich agaziert – ein gutes Wort in diesem Moment, wie? –,
Sie hier zu finden.‹ Dabei erhob ich meine Hand, um ihn
ins Gesicht zu schlagen. In diesem Augenblick aber sah
ich schon nichts mehr; es wurde mir im wahrsten Sinn des
Wortes schwarz vor den Augen, denn das Osmondsieben-

tel hatte mir mit einem kräftigen Faustschlag den Zylinder eingetrieben, und ich vernahm nur dieselben Worte, wie ich sie eine Stunde vorher auf der Bühne gehört, als er einem von den sechs andern eine Hacke in den Kopf geschlagen hatte, deutsche Worte in englischem Akzent: ›Oh, mein guter Freund, du bist mir zu lustig!‹ Als es mir endlich gelang, meinen Zylinder wieder in die Höhe zu bringen, wälzte sich Kitty, das süße Weib, in einem wahren Lachkrampf auf dem Boden, und der Clown saß, als wäre nichts geschehen, mit übereinandergeschlagenen Beinen auf der Lehne des Diwans und rauchte die Zigarette weiter. Ich aber fühlte: jetzt ist es zu Ende! Nichts mehr war in mir, keine Liebe, keine Eifersucht, kein Gram, kein Stolz, kein Haß – ich sagte: ›Gute Nacht, Kitty‹, kümmerte mich nicht um den andern, verließ das Zimmer, hängte im Vorraum meinen zerteptschten Zylinder an den Nagel, setzte diesen schönen, neuen, schwarzen, steifen, runden Hut auf, der dem Clown gehörte, und bin nur noch rasch hierhergeeilt, um dir den Rat zu geben, nie mit einer Exzentriksängerin etwas anzufangen.«

»Mein lieber August«, sagte ich, »du bist ungerecht. Meiner Ansicht nach hast du bei der ganzen Sache doch nur gewonnen. Ich will gar nicht von dem Hut sprechen, der dir glänzend steht, aber die Erfahrungen, die du gesammelt hast. Wie kommt sonst unsereins dazu, mit Zwergen und Riesen auf einem so vertrauten Fuß zu verkehren?« (August schüttelte abwehrend den Kopf.) Ich beharrte: »Und ich an deiner Stelle würde nicht versäumen, auch morgen deinen Tee bei Kitty zu nehmen, wo du gewiß die ganze Truppe kennenlernen wirst.« August sah mich mißtrauisch an. »Nun ja«, fuhr ich fort, »ich stelle mir das sehr amüsant vor. Wie die zwei Riesen mit ihr

Ball gespielt haben, so werden die Osmonds vielleicht auf ihr Flöte blasen.«

»Du bist ein Idiot«, entgegnete August. So wenig vertrug er es, wenn ein anderer gute Witze machte.

Der Kellner kam. Wir zahlten und traten in einen herrlichen Frühlingsmorgen hinaus. »Mich freut nur«, sagte August, »daß der Kerl über seinen Spaß nicht mehr lange lachen wird, wenn er im Vorzimmer statt seines neuen Hutes ...«

August schwieg plötzlich. Ich merkte, daß seine Züge erstarrten und seine Augen riesengroß wurden. Ich folgte seinem Blick und sah, daß uns ein junger Mann entgegenkam, der mit vollendeter Eleganz gekleidet war, nur der Zylinder, den er auf dem Kopf sitzen hatte, war vollkommen vernichtet. August blieb stehen und ließ den jungen Mann näherkommen. Dieser lüftete den Hut und sagte: »Good morning, Sir.«

»Good morning«, sagten wir beide und nahmen unsere Hüte ab, die wir natürlich gleich wieder aufsetzen wollten. Mir gelang es. Nicht so meinem Freund August. Diesem nahm der fremde Herr den Hut einfach aus der Hand, setzte ihn auf und übergab August mit einem verbindlichen Lächeln den vernichteten Zylinder. Und sich zu mir wendend, als sei er ausschließlich mir eine Erklärung schuldig, bemerkte er: »Ich habe nämlich gewechselt diesen kleinen Hut vor einer kleinen Stunde bei einer kleinen Freundin. Good morning, Sir.« Damit ging er.

Ich würde lügen, wenn ich behauptete, jemals ein dümmeres Gesicht gesehen zu haben, als das meines Freundes August. Er war totenbleich und schien nach Worten oder wenigstens nach Luft zu schnappen. Er wartete, bis der Gentleman sich in einer anständigen Entfernung befand, dann sagte er mit einer Art von finsterer Entschlossenheit: »Was soll man da tun? Erdolchen oder eine gellende Lache aufschlagen?«

»Erdolchen«, sagte ich rasch. Ich riet es ihm nicht aus Brutalität, sondern vielmehr aus Neugier, weil ich noch nie jemanden erdolchen gesehen habe. Ob nun August zu gutherzig war, oder ob er wieder einmal keinen Dolch bei sich hatte – gewiß ist, daß er meinem Rat nicht folgte, sondern nur ganz kurz und nicht einmal, wie er sich zuerst vorgenommen, besonders gellend lachte. Ich betrachtete ihn mit einiger Besorgnis, denn ich kenne Leute, die durch ähnliche Vorfälle plötzlich toll geworden sind. August wurde es nicht. Ein sonderbares Zucken glitt über seine Züge, als wenn sich eine furchtbare Aufregung plötzlich löste, und er sagte, eher träumerisch: »*Ich werde ihn einfach bügeln lassen.*«

Ich bin fest überzeugt, er meinte den Zylinder.

Wohltaten still und rein gegeben

Er ging, so schnell er konnte; zuweilen lief er geradezu. Aber es war ganz vergeblich – ihn fror immer heftiger. Seit Anbruch der Dunkelheit schneite es überdies, und die Straßen leuchteten im Laternenschein. Was sollte er beginnen? Er konnte sich nicht einmal mehr in eine Branntweinbudike wagen; die letzten paar Heller hatte er nachmittags für einen Kaffee ausgegeben. Er war hungrig geworden, nachdem er den ganzen Tag treppauf treppab gelaufen war. Vor acht Tagen, als die ersten trügerischen Frühjahrsdüfte wehten, hatte er seinen dicken Rock verkauft, und nun, zu allem anderen Elend, schien ein neuer Winter einbrechen zu wollen.

Die Straße öffnete sich. Franz befand sich einem großen Gebäude gegenüber, vor dem Bogenlampen brannten und dessen riesige Fenster in hellem Licht erstrahlten. Wagen näherten sich in geschlossener dichter Reihe langsam dem Tor, von verschiedenen Seiten kamen Fußgänger mit heraufgeschlagenen Kragen und verschwanden in der Halle. Franz wußte, daß er vor dem Sophiensaal stand. Drüben lief ein großer Bursche hin und her, der die Wagentüren öffnete und von den Aussteigenden Trinkgeld erhielt.

In Franz regte sich der Neid. Wenn er sich doch auch zu dergleichen entschließen könnte. Aber das war ja schon Bettelei. Und er war Student ... inskribiert an der Universität. Mit Erbitterung erinnerte er sich, wie er vor ein paar

Monaten, der Verzweiflung nahe so wie heute, beim Studentenverein um Unterstützung eingekommen war, wie er dann mit dreißig oder vierzig anderen in einem großen Vorraum hatte warten müssen, wie ihm ein Herr mit einer Brille an einem grünen Tisch ein paar Gulden eingehändigt und, als er danken wollte, mit einem »schon gut, vorwärts – der Nächste« förmlich die Tür gewiesen hatte.

Ein junger Mann und eine Dame gingen an ihm vorüber; sie aßen gebratene Kastanien und lachten, als ob sie das sehr komisch fänden, daß sie naschen durften, während andere hungerten. Der Geruch stieg Franz verlokkend in die Nase. Am liebsten hätte er ihnen die warmen duftenden Dinger einfach aus der Hand gerissen und verschlungen, und er spürte, daß ihm zu einer solchen Handlung eigentlich nichts fehlte als der Mut. Er biß die Zähne zusammen vor Wut, wenn er daran dachte, was für einen feigen Hungerleider die Not aus dem frischen Knaben von einst gemacht hatte. Wäre er doch daheim geblieben. Ein tüchtiges Handwerk oder irgendeine Arbeit auf freiem Feld, das wäre seine Sache gewesen, da wär' er heute stark und gesund wie früher, als er sich in Wäldern und auf Bergen herumtreiben oder stundenlang auf den Wiesen liegen und in den Himmel starren durfte. Daheim hätt' er schon irgendwie ehrlich sein Brot verdient, ohne sich demütigen zu müssen wie hier. Was war aus ihm geworden!

Durch die stille kalte Luft drangen die Klänge der Tanzmusik scheinbar stärker als früher zu ihm. In diesem Augenblick merkte er, daß ihn jemand betrachtete, wie er zähneklappernd, die Hände in den Hosentaschen, an der Laterne lehnte. Ein junger Mann im Pelz, mit einem kleinen Schnurrbart, war es, der gemächlich durch den Schnee gestapft kam und plötzlich vor ihm stehen blieb.

Er schlug den Pelz zurück, griff mit einer weißbehand-
schuhten Hand in die Tasche und zog seine Börse hervor.
Gegen seinen Willen, ja mit einem dumpfen Staunen
über sich selbst, hielt Franz die Augen auf den Herrn fast
flehentlich gerichtet und die Rechte wie zum Empfang
ausgestreckt. Der Herr suchte in seiner Börse, offenbar
ohne zu finden, was er wollte. Dann schüttelte er leicht
den Kopf, murmelte »ah, was« und reichte Franz ein Zehn-
kronenstück. Franz riß unwillkürlich Mund und Augen
auf. Ein ungeheures Entzücken erfüllte ihn. Er wußte, daß
er in einer Minute essen konnte. Er roch den Duft von
Braten und frisch gebackenem Brot. Mit Inbrunst faßte er
die Hand des jungen Mannes – drückte sie und preßte
sie endlich an die Lippen. Dieser wich, wie erstaunt, zurück, schien etwas fragen zu wollen, rasch aber besann er
sich, ging eilends über die Fahrstraße, wand sich drüben
zwischen zwei Wagen durch und verschwand in der Halle.
Franz hatte ihm nachgeschaut, solang er konnte, in der
dunklen Empfindung, daß er sich die Gestalt und den
Gang seines Retters einprägen müsse. Dann führte er das
Goldstück mit plötzlicher Angst näher an die Augen, und
tief atmete er auf, als er sah, daß er sich nicht getäuscht
hatte. Nun lief er eine ganze Weile durch die Straßen,
ohne an Hunger, Durst und Kälte zu denken. Aber als er
an einer Ecke die erleuchteten Fenster eines bescheide-
nen Gasthauses blinken sah, kam er zu Besinnung und
trat ein.

Das Lokal war sehr spärlich besucht. An einem läng-
lichen Tisch saß eine kleine Gesellschaft von älteren Leuten, die laut redeten und sich um den Eintretenden nicht
kümmerten. Franz setzte sich an einen großen runden
Tisch in die andere Ecke, bestellte sich ein Nachtmahl, aß

und trank hastig und mit schmerzlich süßem Behagen. Als er fertig war, schob er den Teller weg und lehnte sich zurück. Er hatte keine Eile. In das schmutzige Quartier, wo er die letzten Nächte verbracht hatte, kam er immer noch früh genug. Auch war ihm die Aussicht, wieder in den Schnee hinaus zu müssen, immer unangenehmer.

Es schien ihm, als sähen die anderen zu ihm herüber. Unruhig rückte er auf seinem Sessel hin und her. Jetzt, da er in einem warmen Lokal saß, mit gesättigtem Magen wie andere Leute, war ihm beinahe, als wenn er in den letzten Stunden nicht ganz bei Verstand gewesen wäre. Mit Unbehagen dachte er an den Moment, in dem er dem jungen Herrn flehentlich die Hand entgegengestreckt hatte, und noch viel ärgerlicher an den Augenblick, der gleich darauf gefolgt war... Er hatte nicht übel Lust, wieder zum Sophiensaal zurückzukehren, um dort seinen Wohltäter beim Ausgang abzupassen und ihm zu erklären, daß er keineswegs ein Bettler sei.

Franz zahlte und ging. Auf der Straße schwindelte ihm ein wenig, vor dem trübseligen Gasthof in der Brigittenau graute ihm noch heftiger als früher, und so trat er gleich wieder in ein Kaffeehaus, um noch einen Schnaps zu trinken.

Hier schlug ihm eine schwüle rauchige Luft entgegen; der geräumige, aber niedrige Saal war ziemlich gefüllt, auf den Billardbrettern rollten die Kugeln, lachende laute Stimmen tönten überall. Franz fand ein kleines Tischchen am letzten Fenster frei. Nicht weit von ihm saßen zwei junge Leute im Frack, in Gesellschaft eines hübschen jungen Mädchens mit dunklen unruhigen Augen. Der eine Herr sah einen Moment lang scharf auf Franz hinüber, der zusammenzuckte, denn er hatte schon geglaubt, den

Herrn im Pelz zu erkennen. Dann ärgerte er sich aber, daß
er so erschrocken war. Gerade als hätte er nicht das Recht,
die gleichen Lokale zu besuchen wie jener andere. Der
tanzte wohl in diesem Augenblick mit schönen Damen
durch den leuchtenden Saal und hatte das stolze Gefühl,
einen armen Teufel glücklich gemacht, zu ewigem Dank
verpflichtet zu haben. Franz biß sich in die Lippen...
Ja, wenn es zehnmal soviel gewesen wäre – oder hundertmal!... Ja, dann hätte er ihm wohl die Hand küssen dürfen. Dann hätte er seine Existenz von Grund auf ändern,
ein neues Leben beginnen, ein Mensch... ein Mensch
wie andere Menschen werden können!... Aber dieses
eine Goldstück!... Es war gerade genug, um ihn seine Ar-
mut noch bitterer empfinden zu lassen und ihn tiefer zu
erniedrigen als je zuvor... Die Erinnerung trieb ihm die
Schamröte in die Wangen... Er wünschte seinen Wohltäter eintreten zu sehen – er würde aufstehen, sich vor ihn
hinpflanzen und ihm den Rest des Geldes vor die Füße
schmeißen...

Franz merkte, daß die Gesellschaft drüben auf ihn aufmerksam wurde. Vielleicht hatte er in der Erregung halblaut gesprochen. Das Mädchen hatte ihm den Rücken zu-
gewandt, ihre Frisur war ein wenig verwirrt, feine lose
Haare kräuselten sich ihr im Nacken. Franz dachte an
einen Sommerabend daheim: wie er auf der Bank am
Mühlenweg saß und wie die Kellnerin von der »Grünen
Traube« ganz erhitzt über die Wiese zu ihm gelaufen kam;
im Mondenschein hatte es ausgesehen, als flöge sie über
das Gras. Es war an dem Abend gewesen, bevor er in die
Stadt mußte, und seither hatte er keine mehr in den Armen gehalten. Eine plötzliche Sehnsucht nach dem blonden Geschöpf mit den heißen feuchten Wangen, an das er

so lange nicht mehr gedacht hatte, ergriff ihn, und er bekam förmlich Lust, sich morgen früh aufzumachen und zu Fuß nach Hause zu wandern über die verschneiten Straßen und Hügel.

Ein blasses Mädchen stand plötzlich vor ihm, ganz still, mit einem Körbchen voll Blumen, und hielt ihm, ohne ihn recht anzusehen, ein kleines Bukett von roten Nelken und Reseda entgegen. In seiner Verlegenheit griff er wie mechanisch nach dem Sträußchen und legte es vor sich hin. Während er nach einem Zwanzighellerstück suchte, nahm das Mädchen die Blumen vom Tische auf und steckte sie ihm ins Knopfloch, immer schweigsam, ohne die Miene zu verziehen, als dächte sie an etwas ganz anderes. Franz hatte endlich das Geldstück aus dem Sack hervorgeholt – es war zwar eine Krone, aber er schämte sich weiterzusuchen und gab der Kleinen die Münze. Sie lächelte ein wenig, und Franz sah, daß sie viel älter sein mußte, als er anfangs vermutet hatte. »Küss' die Hand, gnädiger Herr«, sagte sie, indem sie sich entfernte. Der Klang dieser Worte durchbebte ihn ...

Und wie er jetzt wieder seine Blicke zu den anderen Tischen sandte, kam es ihm vor, als sähe man ihn überall mit einer gewissen ruhigen und selbstverständlichen Hochschätzung an. Unwillkürlich nahm er eine leichtere Haltung an, winkte dem Kellner, verlangte Zigaretten und zündete sich eine an. Dann ging er.

Es schneite noch immer, und die Straßen, durch die er jetzt spazierte, waren menschenleer. Die Kälte empfand er nicht mehr, aber der Boden schwankte ein wenig unter den Füßen.

Ein verlockender Gedanke fuhr ihm durch den Sinn. Er schauerte zusammen ... und blieb einen Augenblick lang stehen. Dann stapfte er mit den Füßen durch den Schnee weiter und empfand ein gewisses Vergnügen daran, den Schritt des Herrn im Pelz nachzuahmen ...

In einer ganz engen Gasse kamen ihm zwei Frauenzimmer entgegen; die eine hielt einen Muff vors Gesicht. Als sie Franz gerade gegenüberstand, ließ sie den Arm heruntergleiten und zeigte ein lachendes Gesicht. Franz starrte sie an. Die andere Frauensperson ging weiter, als gäbe sie von vornherein jede Hoffnung auf. Die mit dem Muff faßte nach dem Sträußchen und drängte sich an Franz. Er war sehr verlegen. »Ich habe keine Zeit«, sagte er. – »Was hast' denn so spät bei der Nacht andres zu tun? Komm nur; das ist schon mein Haustor.« Und resolut zog sie an der Glocke. Sie trällerte einen Gassenhauer und schaute Franz lachend an. Er rührte sich nicht ... Das Tor wurde geöffnet und schloß sich gleich darauf wieder hinter den beiden.

Das Zimmer, in das er mit ihr trat, war klein und niedrig, auf dem Fensterbrett stand eine Petroleumlampe, die matt brannte und nach der das ganze Zimmer roch. Wieder dachte Franz an jene letzte Sommernacht daheim, an den kühlen Duft der Wiesen und Wälder, der ihn damals umströmt hatte, und wäre am liebsten davongelaufen. Aber er blieb.

Später schlummerte er an ihrer Seite ein.

Im Traum ging er eine große Treppe in ein schönes Haus hinauf, wo er in den ersten Wochen seines Wiener Aufenthalts Lektion gegeben hatte. Da standen Männer oben, die sich nicht um ihn kümmerten. Plötzlich ertönte hinter ihnen eine Stimme, schrill wie ein Befehl – da wandten sich die beiden zu ihm und trieben ihn mit Fußtritten die Treppe hinunter. Aber unten, auf einer samt-

gepolsterten Bank, saß der Herr vom Sophiensaal, hielt
das Blumenmädchen auf dem Schoß, und sie aßen beide
Kastanien und erkannten Franz nicht, was ihn wütend
machte. Er schrie sie an – sie hörten ihn nicht. Und alle,
die vorbeigingen, hunderte, tausende Menschen, lachten
nun über ihn. Er wollte um sich schlagen, aber er konnte
sich nicht rühren.

Er erwachte jäh und stand auf. Das Frauenzimmer erhob sich im Bett, hatte offenbar schon tief geschlafen und
war sehr ärgerlich. Sie kleidete sich notdürftig an und
schlürfte in zerrissenen Pantoffeln herum. Franz mußte
ihr beinah den ganzen Rest seines Geldes geben und eilte
davon.

Als das Haustor hinter ihm zudröhnte, schlug es eben
drei Uhr von einem nahen Kirchturm. Franz nahm den
Weg schnurgerade zum Sophiensaal. Den Herrn im Pelz
mußte er finden; wenn es ihm jetzt nicht gelang, so wollte
er die Stadt nach allen Ecken und Enden durchstreifen,
bis er ihm begegnete. Die Sache war nicht in Ordnung,
und sie mußte geregelt werden. Auf den Lippen hatte er
ein schmerzlich brennendes Gefühl. Es war ihm jetzt, als
wenn er dem Herrn die Hand geküßt hätte, nicht für die
zehn Kronen, die er ihm geschenkt, sondern für all das
Nichtige und Erbärmliche, auf das das Geld aufgegangen
war... Die Erlebnisse der Nacht wirrten ihm durcheinander. Jetzt erst fiel ihm mit vollkommener Deutlichkeit ein,
daß er dem völligen Elend gegenüberstand, daß er wieder
einmal nicht wußte, wovon er morgen leben sollte.

Die Straße war verlassen, der kalte Morgenwind wehte
über den Schnee. Eine Budike, an der er vorbeiging, wurde eben geöffnet, verschlafen und ungekämmt staubte
ein dickes Judenmädel den Schanktisch ab. Franz trat ein,

und wie sich selber und der ganzen Welt zum Trotz stürzte
er noch ein Glas Branntwein hinunter. Dann eilte er weiter, und in ein paar Minuten war er an seinem Ziel. Nah
beim Tor nahm er Aufstellung und wartete. Noch immer
klang die Tanzmusik durch die leise klirrenden Fenster.
War es wirklich kaum eine Nacht, die seither vergangen
war? ...

Leere Wagen fuhren vor. Herren und Damen kamen
aus der Halle und stiegen ein, andere eilten zu Fuß davon.
Franz wunderte sich selbst über die Sicherheit, mit der er
einige Herren passieren ließ, die doch einen ähnlichen
Pelz trugen wie sein Wohltäter. Er war entschlossen, nicht
vom Platze zu weichen, ehe der letzte Ballgast das Gebäude verlassen hätte. –

Er wartete.

Plötzlich stand ihm das Herz still ... Das war Er ... Da
trat er aus dem Tor, knöpfte den Pelz zu und schlug den
Kragen hinauf. Es war ein rechtes Glück, daß ihn Franz
noch hinter der Glastür erkannt hatte, denn jetzt war er
beinahe vermummt. Franz wartete, beide Hände in den
Taschen, und der Herr stapfte wieder mit den Füßen
durch den Schnee, was Franz erbitterte. Er stellte sich
dem Herrn in den Weg. Dieser blickte auf und fragte:
»Wie? ...« Dann schien er ihn zu erkennen und lächelte.

»Mein Herr ...«, begann Franz, aber es schnürte ihm
die Kehle zusammen, und er konnte nicht weiter. Der
hochmütige Blick des andern, der zugleich die Erinnerung an seine außergewöhnliche Freigebigkeit von gestern abend und unbewußte Verachtung für den Bettler
ausstrahlte, der da vor ihm stand, erbitterte Franz bis zum
Wahnsinn, so daß ihm die Augen zu glühen begannen.
Ein unsäglicher Haß grimmte in ihm auf – breit ausholend

hob er seine Hand und gab dem Wohltäter eine mächtige Ohrfeige, daß ihm der Zylinder herunterfiel. Der junge Herr riß zuerst vor Entsetzen den Mund weit auf, dann packte er den erhobenen Arm des Bettlers und fing an, nach der Wache zu schreien. Einige Leute, die aus der Halle kamen, blieben stehen, Kutscher liefen herüber, ein Polizeimann war sofort zur Stelle. »Ist der Kerl verrückt?« schrie der Wohltäter, indem er seinen Zylinder aufhob. »Ich habe nämlich zu bemerken«, rief er in größter Erregung, ohne die Kraft, seine bisherige Vornehmheit aufrechtzuerhalten, »daß ich diesem Kerl gestern eine Unsumme – zehn Kronen! – ja, zehn Kronen! ... bitte, Herr Sicherheitswachmann ...«, dabei stülpte er sich den Hut auf den Kopf, » ... nie ist mir etwas Ähnliches vorgekommen!«

Franz ließ den Herrn schreien, befand sich sehr wohl und sprach kein Wort. Die Sache war erledigt. Er hatte seine Dankesschuld abgetragen. Und gleichsam erlöst, mit einem heiteren Lächeln auf den Lippen, ließ er sich auf die Wache führen.

Das neue Lied

Ich bin nicht schuld daran, Herr von Breiteneder…
bitte sehr, das kann keiner sagen!« Karl Breiteneder
hörte diese Worte wie von fern an sein Ohr schlagen und
wußte doch ganz genau, daß der, der sie sprach, neben
ihm einherging – ja, er spürte sogar den Weindunst, in
den diese Worte gehüllt waren. Aber er erwiderte nichts.
Es war ihm unmöglich, sich in Auseinandersetzungen ein-
zulassen; er war zu müde und zerrüttet von dem furchtba-
ren Erlebnis dieser Nacht, und es verlangte ihn nur nach
Alleinsein und frischer Luft. Darum war er auch nicht
nach Hause gegangen, sondern lieber im Morgenwind die
menschenleere Straße weiterspaziert, ins Freie hinaus,
den bewaldeten Hügeln entgegen, die drüben aus leichten Mainebeln hervorstiegen. Aber ein Schauer nach dem
anderen durchlief ihn vom Kopf bis zu den Füßen, und er
spürte nichts von der wohligen Frische, die ihn sonst nach
durchwachten Nächten in der Frühluft zu durchrieseln
pflegte. Er hatte immer das entsetzliche Bild vor Augen,
dem er entflohen war.

Der Mann neben ihm mußte ihn eben erst eingeholt
haben. Was wollte denn der von ihm?… warum vertei-
digte er sich?… und warum gerade vor ihm?… Er hatte
doch nicht daran gedacht, dem alten Rebay einen lauten
Vorwurf zu machen, wenn er auch sehr gut wußte, daß der
die Hauptschuld trug an dem, was geschehen war. Jetzt
sah er ihn von der Seite an. Wie schaute der Mensch aus!

Der schwarze Gehrock war zerdrückt und fleckig, ein Knopf fehlte, die andern waren an den Rändern ausgefranst; in einem Knopfloch steckte ein Stengel mit einer abgestorbenen Blüte. Gestern Abend hatte Karl die Blume noch frisch gesehen. Mit dieser selben Nelke geschmückt, war der Kapellmeister Rebay an einem klappernden Pianino gesessen und hatte die Musik zu sämtlichen Produktionen der Gesellschaft Ladenbauer besorgt, wie er es seit bald dreißig Jahren tat. Das kleine Wirtshaus war ganz voll gewesen, bis in den Garten hinaus standen die Tische und Stühle, denn heute war, wie es mit schwarzen und roten Buchstaben auf großen, gelben Zetteln zu lesen stand: »Erstes Wiederauftreten des Fräulein Maria Ladenbauer, genannt die ›weiße Amsel‹, nach ihrer Genesung von schwerem Leiden.«

Karl atmete tief auf. Es war ganz licht geworden, er und der Kapellmeister waren längst nicht mehr die einzigen auf der Straße. Hinter ihnen, auch von Seitenwegen, ja sogar von oben aus dem Walde, ihnen entgegen, kamen Spaziergänger. Jetzt erst fiel es Karl ein, daß heute Sonntag war. Er war froh, daß er keinerlei Verpflichtung hatte, in die Stadt zu gehen, obzwar ihm ja sein Vater auch diesmal einen versäumten Wochentag nachgesehen hätte, wie er es schon oft getan. Das alte Drechslergeschäft in der Alserstraße ging vorläufig auch ohne ihn, und der Vater wußte aus Erfahrung, daß sich die Breiteneders bisher noch immer zur rechten Zeit zu einem soliden Lebenswandel entschlossen hatten. Die Geschichte mit Marie Ladenbauer war ihm allerdings nie ganz recht gewesen. »Du kannst ja machen, was du willst«, hatte er einmal milde zu Karl gesagt, »ich bin auch einmal jung gewesen ... aber in den Familien von meine Mädeln hab' ich doch nie verkehrt! Da hab' ich doch immer zu viel auf mich gehalten.«

Hätte er auf den Vater gehört – dachte Karl jetzt – so wäre ihm mancherlei erspart geblieben. Aber er hatte die Marie sehr gern gehabt. Sie war ein gutmütiges Geschöpf, hing an ihm, ohne viel Worte zu machen, und wenn sie Arm in Arm mit ihm spazieren ging, hätte sie keiner für eine gehalten, die schon so manches erlebt hatte. Übrigens ging es bei ihren Eltern so anständig zu wie in einem bürgerlichen Hause. Die Wohnung war nett gehalten, auf der Etagere standen Bücher; öfters kam der Bruder des alten Ladenbauer zu Besuch, der als Beamter beim Magistrat angestellt war, und dann wurde über sehr ernste Dinge geredet: Politik, Wahlen und Gemeindewesen. Am Sonntag spielte Karl oben manchmal Tarock; mit dem alten Ladenbauer und mit dem verrückten Jedek, demselben, der abends im Clownkostüm auf Gläser- und Tellerrändern Walzer und Märsche exekutierte; und wenn er gewann, bekam er sein Geld ohne weiteres ausbezahlt, was ihm in seinem Kaffeehaus durchaus nicht so regelmäßig passierte. In der Nische am Fenster, vor dem Glasbilder mit Schweizer Landschaften hingen, saß die blasse lange Frau Jedek, die abends in der Vorstellung langweilige Gedichte vortrug, plauderte mit der Marie und nickte dazu beinahe ununterbrochen. Marie sah aber zu Karl herüber, grüßte ihn scherzend mit der Hand oder setzte sich zu ihm und schaute ihm in die Karten. Ihr Bruder war in einem großen Geschäft angestellt, und wenn ihm Karl eine Zigarre gab, so revanchierte er sich sofort. Auch brachte er seiner Schwester, die er sehr verehrte, zuweilen von einem Stadtzuckerbäcker etwas zum Naschen mit. Und wenn er sich empfahl, sagte er mit halbgeschlosse-

nen Augen – »Leider daß ich anderweitig versagt bin . . .« –
Freilich, am liebsten war Karl mit Marie allein. Und er
dachte an einen Morgen, an dem er mit ihr denselben
Weg gegangen war, den er jetzt ging, dem leise rauschenden Wald entgegen, der dort oben auf dem Hügel anfing.
Sie waren beide müde gewesen, denn sie kamen geraden-
wegs aus dem Kaffeehaus, wo sie bis zum Morgengrauen
mit der ganzen Volkssängergesellschaft zusammengeses-
sen waren; nun legten sie sich unter eine Buche am Rand
eines Wiesenhanges und schliefen ein. Erst in der heißen
Stille des Sommermittags wachten sie auf, gingen noch
weiter hinein in den Wald, plauderten und lachten den
ganzen Tag, ohne zu wissen warum, und erst spät abends
zur Vorstellung brachte er sie wieder in die Stadt . . . So
schöne Erinnerungen gab es manche, und die beiden leb-
ten sehr vergnügt, ohne an die Zukunft zu denken. Zu Be-
ginn des Winters erkrankte Marie plötzlich. Der Doktor
hatte jeden Besuch strenge verboten, denn die Krankheit
war eine Gehirnentzündung oder so etwas ähnliches, und
jede Aufregung sollte vermieden werden. Karl ging anfangs täglich zu den Ladenbauers, sich erkundigen; später
aber, als die Sache sich länger hinzog, nur jeden zweiten
und dritten Tag. Einmal sagte ihm Frau Ladenbauer an
der Türe: »Also heut' dürfen Sie schon hineinkommen,
Herr von Breiteneder. Aber bitt' schön, daß Sie sich nicht
verraten.« – »Warum soll denn ich mich verraten?« fragte
Karl, »was ist denn g'schehn?« – »Ja, mit den Augen ist leider keine Hilfe mehr.« – »Wieso denn?« – »Sie sieht halt
nichts mehr . . ., das ist ihr leider Gottes von der Krankheit
zurückgeblieben. Aber sie weiß noch nicht, daß es unheil-
bar ist . . . Nehmen Sie sich zusammen, daß sie nichts
merkt.« Da stammelte Karl nur ein paar Worte und ging.

Er hatte plötzlich Angst, Marie wiederzusehen. Es war ihm, als hätte er nichts an ihr so gern gehabt, als ihre Augen, die so hell gewesen waren und mit denen sie immer gelacht hatte. Er wollte morgen kommen. Aber er kam nicht, nicht am nächsten und nicht am übernächsten Tage. Und immer weiter schob er den Besuch hinaus. Er wollte sie erst wiedersehen, nahm er sich vor, bis sie sich selbst in ihr Schicksal gefunden haben konnte. Dann fügte es sich, daß er eine Geschäftsreise antreten mußte, auf die der Vater schon lange gedrungen hatte. Er kam weit herum, war in Berlin, Dresden, Köln, Leipzig, Prag. Einmal schrieb er an die alte Frau Ladenbauer eine Karte, in der stand: Gleich nach seiner Rückkehr würde er hinaufkommen, und er ließe die Marie schön grüßen. – Im Frühjahr kam er zurück; aber zu den Ladenbauers ging er nicht. Er konnte sich nicht entschließen... Natürlich dachte er auch von Tag zu Tag weniger an sie und nahm sich vor, sie ganz zu vergessen. Er war ja nicht der erste und nicht der einzige gewesen. Er hörte auch gar nichts von ihr, beruhigte sich mehr und mehr, und aus irgend einem Grunde bildete er sich manchmal ein, daß Marie auf dem Land bei Verwandten lebte, von denen er sie manchmal sprechen gehört hatte.

Da führte ihn gestern abends – er wollte Bekannte besuchen, die in der Nähe wohnten – der Zufall an dem Wirtshaus vorüber, wo die Vorstellungen der Gesellschaft Ladenbauer stattzufinden pflegten. Ganz in Gedanken wollte er schon vorübergehen, da fiel ihm das gelbe Plakat ins Auge, er wußte, wo er war, und ein Stich ging ihm durchs Herz, bevor er ein Wort gelesen hatte. Aber dann, wie er es mit schwarzen und roten Buchstaben vor sich sah: »Erstes Auftreten der Maria Ladenbauer, genannt die

›weiße Amsel‹, nach ihrer Genesung«, da blieb er wie gelähmt stehen. Und in diesem Augenblick stand der Rebay
neben ihm, wie aus dem Boden gewachsen: den weißen
Strubelkopf unbedeckt, den schäbigen schwarzen Zylinder in der Hand und mit einer frischen Blume im Knopfloch. Er begrüßte Karl: »Der Herr Breiteneder – nein, so
was! Nicht wahr, beehren uns heute wieder! Die Fräul'n
Marie wird ja ganz weg sein vor Freud', wenn sie hört, daß
sich die frühern Freund' doch noch um sie umschau'n.
Das arme Ding! Viel haben wir mit ihr ausg'standen, Herr
von Breiteneder; aber jetzt hat sie sich derfangt.« Er redete noch eine ganze Menge, und Karl rührte sich nicht,
obwohl er am liebsten weit fort gewesen wäre. Aber plötzlich regte sich eine Hoffnung in ihm, und er fragte den
Rebay, ob denn die Marie gar nichts sehe – ob sie nicht
doch wenigstens einen Schein habe. »Einen Schein?« erwiderte der andere. »Was fällt Ihnen denn ein, Herr von
Breiteneder! ... Nichts sieht sie, gar nichts!« Er rief es mit
seltsamer Fröhlichkeit. »Alles kohlrabenschwarz vor ihr ...
Aber werden sich schon überzeugen, Herr von Breiteneder, hat alles seine guten Seiten, wenn man so sagen darf –
und ein Stimme hat das Mädel, schöner als je! ... Na, Sie
werden ja seh'n, Herr von Breiteneder. – Und gut is sie –
seelengut! Noch viel freundlicher, als sie eh' schon war.
Na, Sie kennen sie ja – haha! – Ah, es kommen heut meh-
rere, die sie kennen ... natürlich nicht so gut wie Sie, Herr
von Breiteneder; denn jetzt ist es natürlich vorbei mit die
gewissen G'schichten. Aber das wird auch schon wieder
kommen! Ich hab' eine gekannt, die war blind und hat
Zwillinge gekriegt – haha! – Schauen S', wer da is«, sagte
er plötzlich, und Karl stand mit ihm vor der Kassa, an der
Frau Ladenbauer saß. Sie war aufgedunsen und bleich

und sah ihn an, ohne ein Wort zu sagen. Sie gab ihm ein
Billett, er zahlte, wußte kaum, was mit ihm geschah. Plötzlich aber stieß er hervor: »Nicht der Marie sagen, um Got-
teswillen Frau Ladenbauer... nichts der Marie sagen, daß
ich da bin!... Herr Rebay, nichts ihr sagen!«

»Is schon gut«, sagte Frau Ladenbauer und beschäftigte
sich mit anderen Leuten, die Billetts verlangten.

»Von mir kein Wörterl«, sagte Rebay. »Aber nachher,
das wird eine Überraschung sein! Da kommen S' doch
mit? Großes Fest – hoho! Habe die Ehre, Herr von Breiteneder.« Und er war verschwunden. Karl durchschritt den
gefüllten Saal, und im Garten, der sich ohne weiteres an-
schloß, setzte er sich ganz hinten an einen Tisch, wo vor
ihm schon zwei alte Leute Platz genommen hatten, eine
Frau und ein Mann. Sie sprachen nichts miteinander, betrachteten stumm den neuen Gast, und nickten einander
traurig zu. Karl saß da und wartete. Die Vorstellung begann, und Karl hörte die altbekannten Sachen wieder.
Nur schien ihm alles eigentümlich verändert, weil er noch
nie so weit vom Podium gesessen war. Zuerst spielte der
Kapellmeister Rebay eine sogenannte Ouvertüre, von der
zu Karl nur vereinzelte harte Akkorde drangen, dann trat
als erste die Ungarin Ilka auf, in hellrotem Kleid, mit ge-
spornten Stiefeln, sang ungarische Lieder und tanzte
Czardas. Hierauf folgte ein humoristischer Vortrag des
Komikers Wiegel-Wagel; er trat im zeisiggrünen Frack auf,
teilte mit, daß er soeben aus Afrika angekommen wäre,
und berichtete allerlei unsinnige Abenteuer, deren Abschluß seine Hochzeit mit einer alten Witwe bildete. Dann
kam ein Duett zwischen Herrn und Frau Ladenbauer;
beide trugen Tiroler Kostüm. Nach ihnen, in schmutziger
weißer Clowntracht, folgte der närrische kleine Jedek,

zeigte zuerst seine Jongleurkünste, irrte mit riesigen Augen unter den Leuten umher, als wenn er jemanden suchte; dann stellte er Teller in Reihen vor sich auf, hämmerte mit einem Holzstab einen Marsch darauf, ordnete Gläser und spielte auf den Rändern mit feuchten Fingern eine wehmütige Walzermelodie. Dabei sah er zur Decke auf und lächelte selig. Er trat ab, und Rebay hieb wieder auf die Tasten ein, in festlichen Klängen. Ein Flüstern drang vom Saal in den Garten, die Leute steckten die Köpfe zusammen, und plötzlich stand Marie auf dem Podium. Der Vater, der sie hinaufgeführt hatte, war gleich wieder wie hinabgetaucht; und sie stand allein. Und Karl sah sie oben stehen, mit den erloschenen Augen in dem süßen blassen Gesicht; er sah ganz deutlich, wie sie zuerst nur die Lippen bewegte und ein bißchen lächelte. Ohne es selbst zu merken, war er vom Sessel aufgesprungen, lehnte an der grünen Laterne und hätte beinah aufgeschrien vor Mitleid und Angst. – Und nun fing sie an zu singen. Mit einer ganz fremden Stimme, leise, viel leiser als früher. Es war ein Lied, das sie immer gesungen, und das Karl mindestens fünfzigmal gehört hatte, aber die Stimme blieb ihm seltsam fremd, und erst als der Refrain kam »Mich heißens' die weiße Amsel, im G'schäft und auch zu Haus«, glaubte er, den Klang der Stimme wiederzuerkennen. Sie sang alle drei Strophen, Rebay begleitete sie, und nach seiner Gewohnheit blickte er öfters streng zu ihr auf. Als sie zu Ende war, setzte Applaus ein, laut und donnernd. Marie lächelte und verbeugte sich. Die Mutter kam die drei Stufen aufs Podium hinauf, Marie griff mit den Armen in die Luft, als suchte sie die Hände der Mutter, aber der Applaus war so stark, daß sie gleich ihr zweites Lied singen mußte, das Karl auch schon an die fünfzigmal gehört hatte. Es fing an: »Heut' geh' ich mit mein Schatz aufs Land...«, und Marie warf den Kopf so vergnügt in die Höhe, wiegte sich so leicht hin und her, als wenn sie wirklich mit ihrem Schatz aufs Land gehen, den blauen Himmel, die grünen Wiesen sehen und im Freien tanzen könnte, wie sie's in dem Lied erzählte. Und dann sang sie das dritte, das neue Lied. –

»Hier wäre ein kleines Garterl«, sagte Herr Rebay, und Karl fuhr zusammen. Es war heller Sonnenschein; weit erglänzte die Straße, ringsum war es licht und lebendig. »Da könnt' man sich hineinsetzen«, fuhr Rebay fort, »auf ein Glas Wein; ich hab' schon einen argen Durst – es wird ein heißer Tag.«

»Ob's heiß wird!« sagte irgendwer hinter ihnen. Breiteneder wandte sich um... Wie, der war ihm auch nachgelaufen?... Was wollte denn der von ihm?... Es war der närrische Jedek; man hatte ihn nie anders geheißen, aber es war zweifellos, daß er in der nächsten Zeit ernstlich und vollkommen verrückt werden mußte. Vor ein paar Tagen hatte er seine lange blasse Frau am Leben bedroht, und es war rätselhaft, daß man ihn frei herumlaufen ließ. Jetzt schlich er in seiner zwerghaften Kleinheit neben Karl einher; aus dem gelblichen Gesichte glotzten aufgerissene, unerklärlich lustige Augen ins Weite, auf dem Kopf saß ihm das stadtbekannte, graue weiche Hütel mit der verschlissenen Feder, in der Hand hielt er ein dünnes Spazierstaberl. Und nun, den andern plötzlich voraus, war er in das kleine Gasthausgärtchen hineingehüpft, hatte auf einer Holzbank, die an dem niederen Häuschen lehnte, Platz genommen, schlug mit dem Spazierstock heftig auf den grüngestrichnen Tisch und rief nach dem Kellner. Die beiden anderen folgten ihm. Längs des grünen Holzgitters zog die weiße Straße weiter nach oben, an kleinen, traurigen Villen vorbei, und verlor sich in den Wald.

Der Kellner brachte Wein. Rebay legt den Zylinder auf den Tisch, fuhr sich durch das weiße Haar, rieb sich dann mit beiden Händen nach seiner Gewohnheit die glatten Wangen, schob Jedeks Glas beiseite, und beugte sich über den Tisch zu Karl hin. »Ich bin doch nicht auf'n Kopf g'fallen, Herr von Breiteneder! Ich weiß doch, was ich tu'! . . . Warum soll denn ich schuld sein? . . . Wissen S', für wen ich Couplets geschrieben hab' in meinen jüngeren Jahren? . . . Für'n Matras! Das ist keine Kleinigkeit! Und haben Aufsehen gemacht! Text und Musik von mir! Und viele sind in andere Stück' eingelegt worden!«

»Lassen S' das Glas steh'n«, sagte Jedek und kicherte in sich hinein.

»Ich bitte, Herr von Breiteneder«, fuhr Rebay fort und schob das Glas wieder von sich. »Sie kennen mich doch, und Sie wissen, daß ich ein anständiger Mensch bin! Auch gibt's in meinen Couplets niemals eine Unanständigkeit, niemals eine Zote! . . . Und das Couplet, wegen dem der alte Ladenbauer damals is verurteilt worden, war von einem andern! . . . Und heut' bin ich achtundsechzig, Herr von Breiteneder – das ist ein Numero! Und wissen S', wie lang ich bei der G'sellschaft Ladenbauer bin? . . . Da hat der Eduard Ladenbauer noch gelebt, der die G'sellschaft gegründet hat. Und die Marie kenn' ich von ihrer Geburt an. Neunundzwanzig Jahr bin ich bei die Ladenbauers – im nächsten März hab' ich Jubiläum . . . Und ich hab' meine Melodien nicht g'stohlen – sie sind von mir, alles von mir! Und wissen Sie, wie viel man in der Zeit auf die Werkeln g'spielt hat? . . . Achtzehn! Net wahr, Jedek? . . .«

Jedek lachte immerfort lautlos, mit aufgerissenen Au-

gen. Jetzt hatte er alle drei Gläser vor seinen Platz hinge-
schoben und begann mit seinen Fingern leicht über die
Ränder zu streichen. Es klang fein, ein bißchen rührend,
wie ferne Oboen- und Klarinettentöne. Breiteneder hatte
diese Kunstfertigkeit immer sehr bewundert, aber in diesem Augenblick vertrug er die Klänge durchaus nicht. An
den andern Tischen hörte man zu; einige Leute nickten
befriedigt, ein dicker Herr patschte in die Hände. Plötzlich schob Jedek alle drei Gläser wieder fort, kreuzte die
Arme und starrte auf die weiße Straße, über die immer
mehr und mehr Menschen aufwärts dem Wald entgegen-
wanderten. Karl flimmerte es vor den Augen, und es war
ihm, als wenn die Leute hinter Spinneweben tänzelten
und schwebten. Er rieb sich die Stirn und die Lider, er
wollte zu sich kommen. Er konnte ja nichts dafür! Es war
ein schreckliches Unglück – aber er hatte doch nicht
Schuld daran! Und plötzlich stand er auf, denn als er an
das Ende dachte, wollte es ihm die Brust zersprengen.
»Gehen wir«, sagte er.

»Ja, frische Luft ist die Hauptsache«, entgegnete Rebay.

Jedek war plötzlich böse geworden, kein Mensch wußte,
warum. Er stellte sich vor einen Tisch hin, an dem ein
friedliches Paar saß, fuchtelte mit seinem Spazierstaberl
herum und schrie mit hoher Stimme: »Da soll der Teufel
ein Glaserer werden – Himmelsakerment!« Die beiden
friedlichen Leute wurden verlegen und wollten ihn be-
schwichtigen; die übrigen lachten und hielten ihn für betrunken.

Breiteneder und Rebay waren schon auf der weißen
Straße, und Jedek, wieder ganz ruhig geworden, kam ihnen
nachgetänzelt. Er nahm sein graues Hütel ab, hing es an
seinen Spazierstock und hielt den Stock mit dem Hut über

die Schultern wie ein Gewehr, während er mit der anderen Hand gewaltige grüßende Bewegungen zum Himmel empor vollführte.

»Sie brauchen nicht zu glauben, daß ich mich entschuldigen will«, sagte Rebay mit klappernden Zähnen. »Oho, hab' gar keine Ursache! Durchaus nicht! Ich hab' die beste Absicht gehabt, und jedermann wird es mir zugestehen. Hab' ich denn das Lied nicht selber mit ihr einstudiert? ... Bitte sehr, jawohl! Ja, noch wie sie mit den verbundenen Augen im Zimmer gesessen is, hab' ich's einstudiert mit ihr ... Und wissen S', wie ich auf die Idee kommen bin? Es ist ein Unglück, hab' ich mir gedacht, aber es ist doch nicht alles verloren. Ihre Stimme hat sie noch, und ihr schönes Gesicht ... Auch der Mutter hab' ich's g'sagt, die ganz verzweifelt war. Frau Ladenbauer, hab' ich ihr gesagt, da ist noch nichts verloren – passen S' nur auf! Und dann, heutzutage, wo es diese Blindeninstitute gibt, wo sie sogar mit der Zeit wieder lesen und schreiben lernen ... Und dann hab' ich einen gekannt – einen jungen Menschen, der ist mit zwanzig Jahren blind worden. Der hat jede Nacht von die schönsten Feuerwerk geträumt, von alle möglichen Beleuchtungen ...«

Breiteneder lachte auf. »Reden S' im Ernst?« fragte er ihn.

»Ach was!« entgegnete Rebay grob, »was wollen Sie denn? Soll ich mich umbringen, ich? ... Warum denn? – Meiner Seel', ich hab' Unglück genug gehabt auf der Welt! – Oder meinen Sie, das ist ein Leben, Herr von Breiteneder, wenn man einmal Theaterstück' geschrieben hat, wie ich als junger Mensch, und man ist mit achtundsechzig schließlich so weit, daß man auf einem elenden Klimperkasten für schäbige paar Kreuzer die heisern Lu-

dern begleiten muß, und ihnen die Couplets schreiben ...
Wissen S', was ich für ein Couplet krieg'? ... Sie möchten
sich wundern, Herr von Breiteneder!«

»Aber man spielt sie auf dem Werkel«, sagte Jedek, der
jetzt ganz ernst und manierlich, ja elegant neben ihnen
herging.

»Was wollen denn Sie von mir?« sagte Breiteneder. Es
war ihm plötzlich, als verfolgten ihn die beiden, und er
wußte nicht, warum. Was hatte er mit den Leuten zu
tun? ... Rebay aber sprach weiter: »Eine Existenz hab' ich
dem Mädel gründen wollen! ... Verstehen S', eine neue
Existenz! ... Grad mit dem neuen Lied! ... Grad mit
dem! ... Und ist es vielleicht nicht schön? ... Ist es nicht
rührend? ...«

Der kleine Jedek hielt plötzlich Breiteneder am Rockär-
mel zurück, erhob den Zeigefinger der linken Hand, Aufmerksamkeit gebietend, spitzte die Lippen und pfiff. Er
pfiff die Melodie des neuen Liedes, das Marie Ladenbauer, genannt die »weiße Amsel«, heute nachts gesungen
hatte. Er pfiff sie geradezu vollendet; denn auch das gehörte zu seinen Kunstfertigkeiten.

»Die Melodie hat's nicht gemacht«, sagte Breiteneder.

»Wieso?« schrie Rebay. – Sie gingen alle rasch, liefen
beinahe, trotzdem der Weg beträchtlich anstieg. »Wieso
denn, Herr von Breiteneder? ... Der Text ist schuld, glauben S'? ... Ja, um Gottes willen, steht denn in dem Text
was anderes, als was die Marie selbst gewußt hat? ... Und
in ihrem Zimmer, wie ich's ihr einstudiert hab', hat sie
nicht ein einziges Mal geweint. Sie hat g'sagt: »Das ist ein
trauriges Lied, Herr Rebay, aber schön ist's! ...« »Schön
ist's«, hat sie gesagt ... Ja freilich ist es ein trauriges Lied,
Herr von Breiteneder – es ist ja auch ein trauriges Los, was

ihr zugestoßen ist. Da kann ich ihr doch kein lustiges Lied schreiben?...«

Die Straße verlor sich in den Wald. Durch die Äste schimmerte die Sonne; aus den Büschen tönte Lachen, klangen Rufe. Sie gingen alle drei nebeneinander, so schnell, als wollte einer dem andern davonlaufen. Plötzlich fing Rebay wieder an: »Und die Leut' – Kreuzdonnerwetter! – haben sie nicht applaudiert wie verrückt?... Ich hab's ja im voraus gewußt, mit dem Lied wird sie einen Riesenerfolg haben! – Und es hat ihr auch eine Freud' gemacht... förmlich gelacht hat sie übers ganze Gesicht, und die letzte Strophe hat sie wiederholen müssen. Und es ist auch eine rührende Strophe! wie sie mir eingefallen ist, sind mir selber die Tränen ins Aug' gekommen – wissen S' wegen der Anspielung auf das andere Lied, das sie immer singt...« Und er sang, oder er sprach vielmehr, nur daß er die Reimworte immer herausstieß wie einen Orgelton: »Wie wunderschön war es doch früher *auf der Welt*, – Wo die Sonn' mir hat g'schienen auf Wald und *auf Feld,* – Wo i Sonntag mit mein' Schatz spaziert bin aufs *Land* – Und er hat mich aus Lieb' nur geführt bei der *Hand*. – Jetzt geht mir die Sonn' nimmer auf und die *Stern'*, – Und das Glück und die Liebe, die sind mir so *fern!*«

»Genug!« schrie Breiteneder, »ich hab's ja gehört!«

»Ist's vielleicht nicht schön?« sagte Rebay und schwang den Zylinder. »Es gibt nicht viele, die solche Couplets machen heutzutag. Fünf Gulden hat mir der alte Ladenbauer gegeben... das sind meine Honorare, Herr von Breiteneder. Dabei hab' ich's noch einstudiert mit ihr.«

Und Jedek hob wieder den Zeigefinger und sang sehr leise den Refrain: »O Gott, wie bitter ist mir das gescheh'n – Daß ich nimmer soll den Frühling seh'n...«

»Also *warum*, frag' ich! ...« rief Rebay. »Warum? ...
Gleich nachher war ich doch bei ihr drin ... Ist nicht wahr,
Jedek? ... Und sie ist mit einem glückseligen Lächeln da-
g'sessen, hat ihr Viertel Wein getrunken, und ich hab' ihr
die Haar' gestreichelt und hab' ihr g'sagt: »Na, siehst du,
Marie, wie's den Leuten g'fallen hat? Jetzt werden gewiß
auch Leut' aus der Stadt zu uns herauskommen; das Lied
wird Aufsehen machen ... Und singen tust du's pracht-
voll ...« Und so weiter, was man halt so red't, bei solchen
Gelegenheiten ... Und der Wirt ist auch hereingekom-
men und hat ihr gratuliert. Und Blumen hat sie bekommen – von Ihnen waren s' nicht, Herr von Breiteneder ...
Und alles war in bester Ordnung ... Also, warum soll da
mein Couplet schuld sein? Das ist ja ein Blödsinn!«

Plötzlich blieb Breiteneder stehen und packte den Rebay bei den Schultern. »Warum haben S' ihr denn gesagt,
daß ich da bin? ... Warum denn? ... Hab' ich Sie nicht gebeten, daß Sie's ihr nicht sagen sollen?«

»Lassen S' mich aus! Ich hab' ihr nichts gesagt! Von der
Alten wird sie's gehört haben!«

»Nein«, sagte Jedek verbindlich und verbeugte sich,
»ich war so frei, Herr von Breiteneder – ich war so frei.
Weil ich g'wußt, hab', Sie sein da, hab' ich ihr g'sagt, daß
Sie da sein. Und weil sie so oft nach Ihnen g'fragt hat,
während sie krank war, hab' ich ihr g'sagt: ›Der Herr Breiteneder is da ... hinten bei der Latern' is er g'standen‹,
hab' ich ihr g'sagt, ›und hat sich großartig unterhalten!‹«

»So?« sagte Breiteneder. Es schnürte ihm die Kehle zu,
und er mußte die Augen fortwenden von dem starren
Blick, den Jedek auf ihn gerichtet hielt. Ermattet ließ er
sich auf eine Bank nieder, an der sie eben vorbeikamen,
und schloß die Augen. Er sah sich plötzlich wieder im Gar-

ten sitzen, und die Stimme der alten Frau Ladenbauer
klang ihm im Ohr: »Die Marie laßt Ihnen schön grüßen:
ob Sie nicht mit uns mitkommen möchten nach der Vorstellung?« Er erinnerte sich, wie ihm da mit einemmal zumute geworden war, so wunderbar wohl, als hätte ihm die
Marie alles verziehen. Er trank seinen Wein aus und ließ
sich einen besseren geben. Er trank so viel, daß ihm das
ganze Leben leichter vorkam. Geradezu vergnügt sah und
hörte er den folgenden Produktionen zu, klatschte wie die
anderen Leute, und als die Vorstellung aus war, ging er
wohlgelaunt durch den Garten und den Saal ins Extrazim-
mer des Wirtshauses, an den runden Ecktisch, wo sich die
Gesellschaft nach der Vorstellung gewöhnlich versam-
melte. Einige saßen schon da: der Wiegel-Wagel, Jedek mit
seiner Frau, irgend ein Herr mit einer Brille, den Karl gar
nicht kannte – alle begrüßten ihn und waren gar nicht besonders erstaunt, ihn wiederzusehen. Plötzlich hörte er
die Stimme der Marie hinter sich: »Ich find' schon hin,
Mutter, ich kenn' ja den Weg.« Er wagte nicht, sich um-
zuwenden, aber da saß sie schon neben ihm und sagte:
»Guten Abend, Herr Breiteneder – wie geht's Ihnen
denn?« Und in diesem Augenblicke erinnerte er sich auch,
daß sie seinerzeit zu irgend einem jungen Menschen, der
früher einmal ihr Liebhaber gewesen war, später immer
»Sie« und »Herr« gesagt hatte. Und dann aß sie ihr Nachtmahl; man hatte ihr alles vorgeschnitten hingesetzt, und
die ganze Gesellschaft war heiter und vergnügt, als hätte
sich gar nichts geändert. »Gut is' gangen«, sagte der alte
Ladenbauer. »Jetzt kommen wieder bessere Zeiten.« Frau
Jedek erzählte, daß alle die Stimme der Marie viel schöner
gefunden hatten als früher, und Herr Wiegel-Wagel erhob
sein Glas und rief: »Auf das Wohl der Wiedergenesenen!«

Marie hielt ihr Glas in die Luft, alle stießen mit ihr an,
auch Karl rührte mit seinem Glas an das ihre. Da war ihm,
als ob sie ihre toten Augen in die seinen versenken wollte,
und als könnte sie tief in ihn hineinschauen. Auch der
Bruder war da, sehr elegant gekleidet, und offerierte Karl
eine Zigarre. Am lustigsten war Ilka; ihr Verehrer, ein junger dicker Mann mit angstvoller Stirn, saß ihr gegenüber
und unterhielt sich lebhaft mit Herrn Ladenbauer. Frau
Jedek aber hatte ihren gelben Regenmantel nicht abge-
legt und schaute in irgend eine Ecke, wo nichts zu sehen
war. Zwei- oder dreimal kamen Leute von einem benach-
barten Tisch herüber und gratulierten Marie; sie antwortete in ihrer stillen Weise wie früher, als hätte sich nicht
das Allergeringste verändert. Und plötzlich sagte sie zu
Karl: »Aber warum denn gar so stumm?« Jetzt erst merkte
er, daß er die ganze Zeit dagesessen war, ohne den Mund
aufzutun. Aber nun wurde er lebhafter als alle, beteiligte
sich an der Unterhaltung; nur an Marie richtete er kein
Wort. Rebay erzählte von der schönen Zeit, da er Couplets
für Matras geschrieben hatte, trug den Inhalt einer Posse
vor, die er vor fünfunddreißig Jahren verfertigt hatte, und
spielte die Rollen selbst gewissermaßen vor. Insbesondere
als böhmischer Musikant erregte er große Heiterkeit. Um
eins brach man auf. Frau Ladenbauer nahm den Arm
ihrer Tochter. Alle lachten, schrien ... es war ganz sonderbar; keiner fand mehr etwas Besonderes daran, daß um
Marie die Welt nun ganz finster war. Karl ging neben ihr.
Die Mutter fragte ihn harmlos nach allerlei: wie's zu
Hause ginge, wie er sich auf der Reise unterhalten hätte,
und Karl erzählte hastig von allerlei Dingen, die er gesehen, insbesondere von den Theatern und Singspielhallen,
die er besucht hatte, und wunderte sich nur immer, wie

sicher Marie ihren Weg ging, von der Mutter geführt, und wie ruhig und heiter sie zuhörte. Dann saßen sie alle im Kaffeehaus, einem alten, rauchigen Lokal, das um diese Zeit schon ganz leer war; und der dicke Freund der ungarischen Ilka hielt die Gesellschaft frei. Und nun, im Lärm und Trubel ringsum, war Marie ganz nah an Karl gerückt, geradeso wie manchmal in früherer Zeit, so daß er die Wärme ihres Körpers spürte. Und plötzlich fühlte er gar, wie sie seine Hand berührte und streichelte, ohne daß sie ein Wort dazu sprach. Nun hätte er so gern etwas zu ihr gesagt... irgend was Liebes, Tröstendes – aber er konnte nicht... Er schaute sie von der Seite an, und wieder war ihm, als sähe ihn aus ihren Augen etwas an; aber nicht ein Menschenblick, sondern etwas Unheimliches, Fremdes, das er früher nicht gekannt – und es erfaßte ihn ein Grauen, als wenn ein Gespenst neben ihm säße... Ihre Hand bebte und entfernte sich sachte von der seinen, und sie sagte leise: »Warum hast du denn Angst? Ich bin ja dieselbe.« Er vermochte wieder nicht zu antworten und redete gleich mit den anderen. Nach einiger Zeit rief plötzlich eine Stimme: »Wo ist denn die Marie?« Es war die Frau Ladenbauer. Nun fiel allen auf, daß Marie verschwunden war. »Wo ist denn die Marie?« riefen andere. Einige standen auf, der alte Ladenbauer stand an der Tür des Kaffeehauses und rief auf die Straße hinaus: »Marie!« Alle waren aufgeregt, redeten durcheinander. Einer sagte: »Aber wie kann man denn so ein Geschöpf überhaupt allein aufstehen und fortgehen lassen?« Plötzlich drang ein Ruf aus dem Hof des Hauses herein: »Bringt's Kerzen!... Bringt's Laternen!« Und eine schrie: »Jesus Maria!« Das war wieder die Stimme der alten Frau Ladenbauer. Alle stürzten durch die kleine Kaffeehausküche in den Hof. Die Däm-

merung kam schon über die Dächer geschlichen. Um den
Hof des einstöckigen alten Hauses lief ein Holzgang, an
der Brüstung oben lehnte ein Mann in Hemdärmeln,
einen Leuchter mit brennender Kerze in der Hand, und
schaute herunter. Zwei Weiber im Nachtkleid erschienen
hinter ihm, ein anderer Mann rannte über die knarrende
Stiege herunter. Das war es, was Karl zuerst sah. Dann sah
er irgend etwas vor seinen Augen schimmern, jemand
hielt einen weißen Spitzenschal in die Höhe und ließ ihn
wieder fallen. Er hörte Worte neben sich: »Es hilft ja
nichts mehr ... sie rührt sich nimmer ... Holt's doch einen
Doktor! ... Was ist denn mit der Rettungsgesellschaft? ...
Ein Wachmann! Ein Wachmann! ...« Alle flüsterten durcheinander, einige eilten auf die Straße hinaus, der einen
Gestalt folgte Karl unwillkürlich mit den Augen; es war die
lange Frau Jedek in dem gelben Mantel, sie hielt beide
Hände verzweifelt an die Stirn, lief davon und kam nicht
zurück ... Hinter Karl drängten Leute. Er mußte mit den
Ellbogen nach rückwärts stoßen, um nicht über die Frau
Ladenbauer zu stürzen, die auf der Erde kniete, Mariens
beide Hände in ihrer Hand hielt, sie hin und her bewegte
und dazu schrie. »So red' doch! ... so red' doch! ...« Jetzt
kam endlich einer mit einer Laterne, der Hausbesorger,
in einem braunen Schlafrock und in Schlappschuhen; er
leuchtete der Liegenden ins Gesicht. Dann sagte er: »Aber
so ein Malheur! Und grad da am Brunnen muß sie mit'm
Kopf aufg'fallen sein.« Und nun sah Karl, daß Marie neben der steinernen Umfassung des Brunnens ausgestreckt
lag. Plötzlich meldete sich der Mann in Hemdärmeln auf
dem Gange: »Ich hab' was poltern gehört, es ist noch
keine fünf Minuten!« Und alle sahen zu ihm hinauf, aber
er wiederholte nur immer: »Es sind noch keine fünf Minu-

ten, da hab' ich's poltern gehört…« – »Wie hat sie denn
nur heraufg'funden?« flüsterte jemand hinter Karl. »Aber
bitt' Sie«, erwiderte ein anderer, »das Haus ist ihr doch bekannt; da hat sie sich durch die Küche halt herausgetastet,
dann hinauf über die Holzstiegen, und dann über die
Brüstung hinunter – is ja net so schwer!« So flüsterte es
rings um Karl, aber er kannte nicht einmal die Stimmen,
obwohl es sicher lauter Bekannte waren, die redeten; und
er wandte sich auch nicht um. Irgendwo in der Nachbar-
schaft krähte ein Hahn. Karl war es zumut wie in einem
Traum. Der Hausmeister stellte die Laterne auf die Umfassung des Brunnens; die Mutter schrie: »Kommt denn
nicht bald ein Doktor?« Der alte Ladenbauer hob den Kopf
der Marie in die Höhe, so daß das Licht der Laterne ihr gerade ins Gesicht schien. Nun sah Karl deutlich, wie die Na-
senflügel sich regten, die Lippen zuckten und wie die offenen toten Augen ihn geradeso anschauten, wie früher. Er
sah jetzt auch, daß es an der Stelle, von der man den Kopf
der Marie emporgehoben hatte, rot und feucht war. Er rief.
»Marie! Marie!« Aber es hörte ihn niemand, und er hörte
sich selber nicht. Der Mann oben im Gang stand noch immer da, lehnte über die Brüstung, die zwei Frauen neben
ihm, als wohnten sie einer Vorstellung bei. Die Kerze war
ausgelöscht. Violetter Frühdämmer lag über dem Hof, Frau
Ladenbauer hatte den Kopf der Marie auf das zusammen-
gefaltete weiße Spitzentuch gebettet; Karl blieb regungslos
stehen und starrte hinab. Es war hell genug mit einem Mal.
Er sah jetzt, daß alles in Mariens Gesicht vollkommen ruhig
war und daß sich nichts bewegte als die Blutstropfen, die
von der Stirne, aus den Haaren über die Wangen, über den
Hals langsam auf das feuchte Steinpflaster hinabbrannten;
und er wußte nun, daß Marie tot war…

Karl öffnete die Augen, wie um einen bösen Traum zu verscheuchen. Er saß allein auf der Bank am Wegrande, und er sah, wie der Kapellmeister Rebay und der verrückte Jedek dieselbe Straße hinuntereilten, die sie alle miteinander heraufgegangen waren. Die beiden schienen heftig miteinander zu reden, mit fuchtelnden Händen und gewaltigen Gebärden, der Spazierstock Jedeks zeichnete sich wie eine feine Linie am Horizont ab; immer rascher gingen sie, von einer leichten Staubwolke begleitet, aber ihre Worte verklangen im Wind. Ringsherum glänzte die Landschaft, und tief unten in der Glut des Mittags schwamm und zitterte die Stadt.

Die Fremde

Als Albert um sechs Uhr früh erwachte, war das Bett neben ihm leer, und seine Frau war fort. Auf ihrem Nachttisch lag ein beschriebener Zettel. Albert langte nach ihm und las folgende Worte: »Mein lieber Freund, ich bin früher aufgewacht als du. Adieu. Ich gehe fort. Ob ich zurückkommen werde, weiß ich nicht. Leb wohl. Katharina.«

Albert ließ den Zettel auf die weiße Bettdecke sinken und schüttelte den Kopf. Ob sie nun heute wiederkam oder nicht – es war ja doch ziemlich gleichgültig. Er wunderte sich weder über Inhalt, noch über Ton des Briefes. Es war nur ein wenig früher gekommen, als er erwartet. Vierzehn Tage hatte das ganze Glück gewährt. Was lag daran? Er war bereit.

Langsam erhob er sich, warf den Schlafrock um, tat ein paar Schritte zum Fenster hin und öffnete es. Die Stadt Innsbruck lag in friedlich stillem Morgenschein zu seinen Füßen, und in der Ferne ragten unruhige Felsen in das blaue Licht. Albert kreuzte die Arme über der Brust und sah ins Freie. Ihm war sehr weh ums Herz. Er dachte, wie doch alle Voraussicht und selbst ein vorgefaßter Entschluß ein schweres Geschick nicht leichter, sondern nur mit besserer Haltung tragen ließen. Er zögerte eine Weile. Aber was sollte er jetzt noch abwarten? War es nicht das beste, gleich ein Ende zu machen? War nicht schon die Neugier, die ihn quälte, ein Verrat an seinen Vorsätzen? Sein Los mußte sich erfüllen. Entschieden war es doch schon gewesen, als er vor zwei Jahren beim Tanze das erstemal den kühlen Hauch der geheimnisvollen Lippen seine Wange streifen fühlte.

Er erinnerte sich, wie er in jener Nacht mit seinem Freunde Vincenz nach Hause gegangen war. An alles mußte er denken, was ihm Vincenz damals erzählt hatte; und der zarte Ton früher Warnung klang ihm wieder im Ohr. Vincenz wußte mancherlei über Katharina und ihre Familie. Der Vater war als Oberst eines Artillerie-Regimentes während des bosnischen Feldzuges in den Freiherrnstand erhoben worden und fiel durch die Kugel eines Insurgenten. Ihr Bruder war Kavallerie-Leutnant gewesen und hatte sein Erbteil rasch durchgebracht; später opferte die Mutter, um den Sohn vor dem Schlimmsten zu bewahren, ihr ganzes Vermögen auf; das half aber nicht für lange, und bald darauf erschoß sich der junge Offizier. Nun stellte der Baron Maaßburg, der als Bräutigam Katharinens galt, seine Besuche in dem Hause ein. Man brachte das nicht nur mit den nunmehr erklärt ärmlichen Verhältnissen der Familie in Zusammenhang, sondern auch mit einer merkwürdigen Szene, die sich während des Leichenbegängnisses zugetragen hatte. Katharina war einem ihr bis dahin ganz unbekannten Kameraden ihres Bruders schluchzend in die Arme gefallen, als wäre er ihr Freund oder Verlobter. Ein Jahr später wurde sie von einer heftigen Schwärmerei für den berühmten Orgelspieler Banetti erfaßt. Er verließ Wien, ohne daß sie ihn jemals gesprochen hatte. Eines Morgens erzählte sie ihrer Mutter den Traum, daß Banetti zu ihnen ins Zimmer getreten, auf dem Klavier eine Fuge von Bach gespielt, dann rücklings zu Boden gestürzt und tot dagelegen war, während sich die Decke öffnete und das Klavier in den Himmel schwebte. Am selben Tage traf die Nachricht ein, daß sich Banetti in einem kleinen lombardischen Dorf von der Kirchturmspitze in den Friedhof hinabgestürzt hatte und tot zu Füßen eines Kreuzes liegen geblieben war. Bald darauf begannen sich bei Katharinen die Anzeichen einer Gemütskrankheit zu zeigen, die sich allmählich bis zu tiefster Versunkenheit steigerte; nur der dringende Widerstand der Mutter und deren fester Glaube an die Genesung Katharinens hielt die Ärzte davon ab, das Mädchen in eine Anstalt zu bringen. Ein ganzes Jahr brachte Katharina tagsüber einsam und schweigend hin; aber nachts erhob sie sich zuweilen aus dem Bette und sang einfache Lieder wie in früherer Zeit. Allmählich, zum größten Staunen der Ärzte, erwachte Katharina aus ihrem Trübsinn. Sie schien dem Leben, ja der Freude wiedergegeben. Bald nahm sie Einladungen, zuerst nur in engere Zirkel an; der Bekanntenkreis breitete sich wieder aus, und als Albert sie auf dem Weißen Kreuz-Ball kennen lernte, war sie ihm von einer solchen Ruhe des Gemütes erschienen, daß er den Erzählungen seines Freundes auf dem Heimweg nur zweifelnd zu folgen vermochte.

Albert von Webeling, der früher nicht sehr viel in der Welt verkehrt hatte, war durch den guten Namen seiner Familie, durch seine Stellung als Vize-Sekretär in einem Ministerium leicht in die Lage versetzt, in den Kreisen Katharinens Zutritt zu finden. Jede Begegnung vertiefte seine Neigung für sie. Katharina trug sich immer einfach, aber ihre hohe Gestalt und ganz besonders ihre einzige, ja königliche Weise, das Haupt zu neigen, wenn sie jemandem zuhörte, verlieh ihr eine Vornehmheit von ganz eigener Art. Sie sprach nicht viel, und ihre Augen pflegten oft,

wenn sie in Gesellschaft war, wie in eine für die andern
unzugängliche Ferne zu blicken. Die jüngeren Herren
behandelte sie mit einiger Unachtsamkeit, lieber unterhielt sie sich mit reiferen Männern von Rang oder Ruf.
Und, wieder ein Jahr, nachdem Albert sie kennen gelernt
hatte, verlobte sie das Gerücht mit dem Grafen Rum-
mingshaus, der eben von einer Forschungsreise in Tibet
und Turkestan heimgekehrt war. Damals wußte Albert,
daß der Tag, an dem Katharina einem andern die Hand
zur Ehe reichte, der letzte seines Lebens sein würde, und
er, dessen Dasein bis zu seinem dreißigsten Jahr unbeirrt
hingeflossen war, begriff mit einem Male alle Gefahren
und allen Wahnsinn, in die heftige Leidenschaft den be-
sonnensten Mann zu stürzen vermag. Von seiner Nichtig-
keit Katharinen gegenüber war er völlig durchdrungen.
Er hatte sein anständiges Auskommen und konnte als
Junggeselle ein recht behagliches Leben führen, aber
Reichtum hatte er von keiner Seite zu erwarten. Eine sichere, aber gewiß nicht bedeutende Laufbahn stand ihm
bevor. Er kleidete sich mit großer Sorgfalt, ohne jemals
wirklich elegant auszusehen, er redete nicht ohne Ge-
wandtheit, hatte aber niemals irgend etwas Besonderes zu
sagen, und er war stets gerne gesehen, ohne jemals aufzu-
fallen. Und so fühlte er, daß ein Wesen, geheimnisvoll und
gleichsam aus einer andern Welt wie Katharina, sich tief
zu ihm herablassen müßte, wenn er sie gewinnen wollte,
und daß sie jedenfalls von ihm verlangen durfte, ein un-
verdientes Glück teuer zu bezahlen. Da er sich aber zu jedem Opfer bereit wußte, schien er sich auch allmählich
ihrer würdig zu werden. Eines Morgens erfuhr er, daß der
Graf nach Galizien abgereist war, ohne sich erklärt zu haben; mit einer Entschlossenheit, die sonst seine Art nicht

war, hielt er den rechten Augenblick für gekommen und begab sich zu Katharina.

Wie weit schien ihm nun jene Stunde zu liegen!

Er sah das Zimmer im Schottenhof vor sich, weitläufig und gewölbt, aber niedrig, mit alten, gut gehaltenen Möbeln, sah den vereinsamten dunkelroten Fauteuil am Fenster stehen, das offene Piano mit den aufgeschlagenen Noten, den runden Mahagonitisch, darauf das Album mit dem Perlmutterdeckel und die Visitkartenschale aus Alt-Meißner Porzellan. Und er erinnerte sich, wie er in den geräumigen Hof hinuntergeblickt hatte, durch den eben viele Leute von der Palmsonntagmesse aus der gegenüberliegenden Schottenkirche kamen. Während die Glocken läuteten, trat Katharina mit ihrer Mutter aus dem Nebenzimmer herein und war nicht so erstaunt über seinen Besuch, als er eigentlich erwartete. Sie hörte ihm freundlich zu und nahm seinen Antrag an, kaum in größerer Bewegung, als wenn er die Einladung zu einem Ball überbracht hätte. Die Mutter, immer mit dem verbindlichen Lächeln der Schwerhörigen, saß still in der Diwan-Ecke und führte ihren kleinen schwarzen Seidenfächer manchmal ans Ohr. Während des ganzen Gesprächs in dem kühlen, sonntagsstillen Zimmer hatte Albert die Empfindung, als wäre er in eine Gegend gekommen, über die durch lange Zeit heftige Stürme gejagt hätten, und die nun eine große Sehnsucht nach Ruhe atmete. Und als er später die graue Treppe hinunterschritt, ward ihm nicht die beseligende Empfindung eines erfüllten Wunsches, sondern nur das Bewußtsein, daß er in eine wohl wundersame, aber ungewisse und dunkle Epoche seines Lebens eingetreten war. Und wie er so durch den Sonntag spazierte, von Straße zu Straße, durch Gärten und Alleen, den Frühjahrshimmel

über sich, an manchen fröhlichen und unbekümmerten
Menschen vorbei, da fühlte er, daß er von nun an nicht
mehr zu diesen gehörte, und daß über ihm ein Geschick
anderer und besonderer Art zu walten begann.

Jeden Abend saß er nun oben in dem gewölbten Zimmer. Zuweilen sang Katharina mit einer angenehmen
Stimme, aber beinahe völlig ausdruckslos, einfache, meist
italienische Volkslieder, zu denen er sie auf dem Klavier
begleitete. Nachher stand er oft mit ihr bis zum späten
Abend am Fenster und sah in den stillen Hof hinab, wo die
Bäume grünten und knospten. An schönen Nachmittagen
traf er manchmal im Belvederegarten mit ihr zusammen;
dort war sie meist schon lang gesessen und hatte den Kin-
derspielen zugesehen. Wenn sie ihn kommen sah, stand
sie auf, und dann spazierten sie auf den besonnten Kies-
wegen auf und ab. Anfangs redete er manchmal von seiner früheren Existenz, von den Jugendjahren im Grazer
Elternhaus, von der Studienzeit in Wien, von Sommer-
reisen, und er wunderte sich nur über die Schattenhaftig-
keit, in der beim Versuch erinnernden Gestaltens ihm
selbst sein bisheriges Leben erschien. Vielleicht lag es
auch daran, daß Katharina allen diesen Dingen nicht das
geringste Interesse entgegenbrachte. Seltsame Dinge er-
eigneten sich, die an sich ohne Bedeutung sein mochten,
die aber jedenfalls ohne Erklärung blieben. So begegnete
Albert eines Tages um die Mittagsstunde sei-ner Braut auf
dem Stephansplatz in Gesellschaft eines in Trauer geklei-
deten, eleganten Herrn, den er früher nie gesehen hatte.
Albert blieb stehen, aber Katharina grüßte kühl, und
ohne sich um ihn zu kümmern, ging sie mit dem fremden
Herrn weiter. Albert folgte ihr eine Weile, der Herr stieg
in einen Wagen, der an einer Straßenecke auf ihn wartete,

und fuhr davon. Katharina ging nach Hause. Als Albert sie abends fragte, wer jener Herr gewesen wäre, sah sie ihn befremdet an, nannte einen ihm gänzlich unbekannten polnischen Namen und zog sich für den Rest des Abends auf ihr Zimmer zurück. Ein anderes Mal ließ sie abends lang vergeblich auf sich warten. Endlich erschien sie, als es zehn Uhr schlug, mit einem Strauß von Feldblumen in der Hand und erzählte, daß sie auf dem Lande gewesen und auf einer Wiese eingeschlafen sei. Die Blumen warf sie zum Fenster hinab. Einmal besuchte sie mit Albert das Künstlerhaus und stand lang mit ihm vor einem Bild, das eine einsame grüne Höhenlandschaft mit weißen Wolken drüber vorstellte. Ein paar Tage darauf sprach sie von dieser Gegend, als wäre sie in Wirklichkeit über diese Höhen gewandelt, und zwar als Kind in Gesellschaft ihres verstorbenen Bruders. Zuerst glaubte Albert, daß sie scherzte, allmählich aber merkte er, daß das Bild für sie in der Erinnerung gleichsam lebendig geworden war. Damals fühlte er, wie sich sein Staunen in ein schmerzliches Grauen zu verwandeln begann. Aber je unfaßlicher ihm ihr Wesen zu entgleiten schien, um so hoffnungsloser dringender rief seine Sehnsucht nach ihr. Zuweilen gelang es ihm, sie von ihrer Jugend reden zu machen. Doch alles, was sie berichtete, Erzählungen wirklicher Geschehnisse und Geständnisse ferner Träumereien, schwebte wie im gleichen matten Schimmer vorüber, so daß Albert nicht wußte, was sich ihrem Gedächtnis lebendiger eingeprägt: jener Orgelspieler, der sich vom Kirchturm herabgestürzt hatte, der junge Herzog von Modena, der einmal im Prater an ihr vorübergeritten war, oder ein Van Dyckscher Jüngling, dessen Bildnis sie als junges Mädchen in der Liechtenstein-Galerie gesehen hatte. Und so dämmerte auch jetzt

ihr Wesen hin, wie nach unbekannten oder ungewissen
Zielen, und Albert ahnte, daß er nichts anderes für sie
bedeutete als irgend einer, dem sie in einer Gesellschaft
zu einer Runde durch den Saal den Arm gereicht hätte.
Und da ihm jede Kraft gebrach, sie aus ihrer verschwom-
menen Art des Daseins emporzuziehen, fühlte er endlich,
wie ihn der verwirrende Hauch ihres Wesens zu betäuben
und wie sich allmählich seine Weise zu denken, ja selbst zu
handeln, aller durch das tägliche Leben gegebenen Not-
wendigkeit zu entäußern begann. Es fing damit an, daß er
Einkäufe für den künftigen Hausstand machte, die seine
Verhältnisse weit überstiegen. Dann schenkte er seiner
Braut Schmuckgegenstände von beträchtlichem Wert.
Und am Tage vor der Hochzeit kaufte er ein kleines Häuschen in einer Gartenvorstadt, das ihr auf einem Spaziergang gefallen hatte, und überbrachte ihr am selben Abend
eine Schenkungsurkunde, durch die es in ihren alleinigen
Besitz überging. Sie aber nahm alles mit der gleichen
Freundlichkeit und Ruhe hin, wie früher den Antrag seiner Hand. Gewiß hielt sie ihn für reicher, als er war. Im Anfang hatte er natürlich daran gedacht, auch über seine
Vermögensverhältnisse mit ihr zu reden. Er schob es von
Tag zu Tag hinaus, da ihm die Worte versagten; aber endlich kam es dahin, daß er jede Aussprache über dergleichen Dinge für überflüssig hielt. Denn wenn sie über ihre
Zukunft redete, so tat sie das nicht wie jemand, dem ein
vorgezeichneter Weg ins Weite weist; vielmehr schienen
ihr alle Möglichkeiten nach wie vor offen zu stehen, und
nichts in ihrem Verhalten deutete auf innere oder äußere
Gebundenheit. So wußte Albert eines Tages, daß ihm ein
unsicheres und kurzes Glück bevorstand, daß aber auch
alles, was folgen könnte, wenn Katharina ihm einmal ent-

schwunden war, jeglicher Bedeutung für ihn entbehrte. Denn ein Dasein ohne sie war für ihn vollkommen undenkbar geworden, und es war sein fester Entschluß, einfach die Welt zu verlassen, sobald ihm Katharina verloren war. In dieser Sicherheit fand er den einzigen, aber würdigen Halt während dieser wirren und sehnsuchtsvollen Zeit.

Am Morgen, da Albert Katharina zur Trauung abholte, war sie ihm geradeso fremd, als an dem Abend, da er sie kennen gelernt hatte. Sie wurde die Seine ohne Leidenschaft und ohne Widerstreben. Sie reisten miteinander ins Gebirge. Durch sommerliche Täler fuhren sie, die sich weiteten und engten; ergingen sich an den milden Ufern heiter bewegter Seen und wandelten auf verlorenen Wegen durch den raunenden Wald. An manchen Fenstern standen sie, schauten hinab zu den stillen Straßen verzauberter Städte, sandten die Blicke weiter den Lauf geheimnisvoller Flüsse entlang, zu stummen Bergen hin, über denen blasse Wolken in Dunst zerflossen. Und sie redeten über die täglichen Dinge des Daseins wie andre junge Paare, spazierten Arm in Arm, verweilten vor Gebäuden und Schaufenstern, berieten sich, lächelten, stießen mit weingefüllten Gläsern an, sanken Wange an Wange in den Schlaf der Glücklichen. Manchmal aber ließ sie ihn allein, in einem matthellen Gasthofzimmer, darin alle Trauer der Fremde dämmerte, auf einer steinernen Gartenbank unter Menschen, die sich des duftenden Blütentags freuten, in einem hohen Saal vor dem gedunkelten Bild eines Landsknechts oder einer Madonna, und niemals wußte er in solcher Stunde, ob Katharina wiederkehren würde oder nicht. Denn unablässig und untrüglich in ihm wie der Schlag seines Herzens war das Gefühl, daß nichts sich

geändert hatte seit dem ersten Tag, daß sie frei war wie je
und er ihr völlig verfallen.

So kam es, daß ihr Verschwinden heute früh nach einer
Hochzeitsreise von vierzehn Tagen, daß auch ihr seltsamer Brief ihn nur erschüttert hatte, ohne ihn eigentlich
zu überraschen. Er hätte sie und sich zu erniedrigen geglaubt, wenn er geforscht hätte. Wer sie ihm genommen
hatte, ob eine Laune, ob ein Traum, ob ein lebendiger
Mensch, war ja völlig gleichgültig; er wußte nichts und
brauchte nicht mehr zu wissen, als daß sie ihm nicht mehr
gehörte. Vielleicht war es sogar gut, daß das Unvermeid-
liche so früh gekommen war. Sein Vermögen war durch
den Kauf des Hauses auf das Geringste zusammenge-
schmolzen, und von seinem kleinen Gehalt konnten sie
beide nicht leben. Mit ihr von Einschränkungen und von
den gewöhnlichen Sorgen des Alltags zu reden, wäre ihm
in jedem Fall unmöglich gewesen. Einen Moment fuhr es
ihm durch den Sinn, von ihr Abschied zu nehmen. Sein
Blick fiel auf die Bettdecke, wo der beschriebene Zettel
lag. Der flüchtige Einfall kam ihm, auf die weiße Seite ein
kurzes Wort der Erklärung hinzuschreiben. Aber in der
deutlichen Empfindung, daß ein solches Wort für Katharina nicht das geringste Interesse haben könnte, stand er
wieder davon ab. Er öffnete die Handtasche, steckte seinen kleinen Revolver zu sich und gedachte, irgendwo hinaus vor die Stadt zu wandern, um dort mit Anstand, und
ohne jemanden zu stören, seine Tat zu verüben.

Ein Sommermorgen von dunkelblauer Klarheit und
vorzeitiger Schwüle lag über der Stadt. Albert ging gera-
deaus fort. Er war noch nicht hundert Schritte weit vom
Hotel entfernt, als er Katharinens Gestalt vor sich erblickte.
Sie hielt ihren grauseidenen Sonnenschirm in der Hand

und ging langsam des Weges. Die erste Regung Alberts
war, in eine andere Straße abzubiegen; aber eine Macht,
die heftiger war als alle seine Vorsätze und Überlegungen,
drängte ihn, ihr zu folgen, um sich nun doch die Ge-
wißheit zu verschaffen, der er vor einer Minute noch mit
Gleichgültigkeit gegenüberzustehen geglaubt hatte. Er
bekam sogar einige Angst, daß sie sich umwenden und ihn
entdecken könnte. Sie nahm den Weg dem Hofgarten zu,
er hielt sich in gemessener Entfernung. Jetzt war sie bei
der Hofkirche angelangt, deren Tor offen stand. Sie trat
ein. Albert folgte ihr nach einigen Augenblicken. Er blieb
in der Nähe des Einganges im tiefsten Schatten stehen; er
sah, wie Katharina langsam durch das Mittelschiff zwischen den dunklen Bildsäulen der Helden und Königin-
nen hindurchschritt. Plötzlich hielt sie inne. Albert entfernte sich von dem Platz, wo er bisher gewartet, und
schlich in einem weiten Bogen hinter das Grabmal des
Kaisers Maximilian, das gewaltig in der Mitte der Kirche
ragte. Katharina stand regungslos vor der Statue des Theodorich. Die Linke auf den Degen gestützt, blickte der er-
zene Held wie aus ewigen Augen vor sich hin. Seine Haltung war von erhabener Müdigkeit, als sei er sich zugleich
der Größe und der Zwecklosigkeit seiner Taten bewußt,
und als ginge sein ganzer Stolz in Schwermut unter. Katharina stand vor der Bildsäule und starrte dem Gotenkönig
ins Antlitz. Albert blieb einige Zeit in der Verborgenheit,
dann wagte er sich vor. Sie hätte die Schritte hören müssen, aber sie wandte sich nicht um; wie gebannt blieb sie
auf derselben Stelle. Leute kamen in die Kirche, Fremde
mit roten Reisebüchern, man sprach neben ihr, hinter
ihr, sie hörte nicht. Es wurde eine Weile stiller, Katharina
stand wie früher, in ihrer Bewegungslosigkeit selber einer

Bildsäule gleich. Eine neue Viertelstunde und wieder eine verging. Katharina rührte sich nicht.

Albert ging. Am Ausgang wandte er sich noch einmal um; da sah er, wie Katharina nahe an die Statue herangetreten war und mit ihren Lippen den erzenen Fuß berührte. Eilig entfernte sich Albert. Er lächelte. Ein Einfall kam ihm, der ihn mit einer Art von Rührung erfüllte und dessen er sich freute. Nun hatte er noch etwas für die Geliebte zu tun, bevor er dahinging. Er nahm den Weg zu einer Kunsthandlung in der Bahnhofstraße; dort fragte er, ob eine Bronzenachahmung des Theodorich in natürlicher Größe zu beschaffen sei. Ein Zufall wollte es, daß eine solche vor einem Monat fertig geworden war; der Besteller, ein Lord, war gestorben, und die Erben weigerten sich, das Kunstwerk zu übernehmen. Albert fragte nach dem Preis. Er entsprach ungefähr dem Rest seines Vermögens. Albert gab seine Wiener Adresse an und erteilte genaue Weisung, in welcher Art ein Vertrauensmann der Firma die Aufstellung im Garten des Häuschens besorgen sollte. Dann empfahl er sich, eilte durch die Stadt, nahm den Weg durch die Vorstadt Wilten gegen Igls zu, und im Wäldchen erschoß er sich, gerade als die Sonne Mittag zeigte.

Katharina kehrte erst einige Wochen nach diesem Vorfall nach Wien zurück. Indessen war Albert in der Grazer Familiengruft beigesetzt worden. Am Abend ihrer Ankunft stand Katharina eine geraume Weile im Garten vor der Bildsäule, die unter hohen Bäumen einen schönen Platz gefunden hatte. Dann begab sie sich in ihr Zimmer und schrieb einen längeren Brief nach Verona postlagernd an Andrea Geraldini. So hatte sich nämlich ein Herr genannt, der ihr von der Hofkirche aus gefolgt war, als sie

Theodorich den Großen verlassen hatte, und von dem sie ein Kind unter dem Herzen trug. Ob das auch der richtige Name des Herrn war, erfuhr sie nie; denn sie erhielt keine Antwort.

Burkhard Spinnen
Nachwort

Wien um 1900. Man schaut mit dem einen Auge, und man sieht: die glanzvolle Metropole der Habsburger Monarchie. Eine Stadt, die es an Reichtum und Kunstverstand mit Paris aufnehmen möchte. Man sieht die Eleganz des gehobenen Alltags: Jugendstil, Sezession, Wiener Werkstätte; man sieht die Leichtigkeit des modernen Bürgertums.

Doch dann schaut man mit dem anderen Auge. Und man sieht jetzt nicht nur das Elend des vorstädtischen Industrieproletariats, das es hier wie anderswo gibt. Man sieht auch, wie über der prunkvollen und beschwingten Inneren Stadt eine existentielle Verunsicherung liegt, man sieht ihren Niederschlag auf den Gesichtern der Kaffeehausgäste und der Ringstraßenflaneure.

Um 1900 sind die Regeln, nach denen sich das bürgerliche 19. Jahrhundert organisiert hatte, allesamt noch in Kraft. Wer gegen sie verstößt, muß schlimmste Konsequenzen befürchten. Die herrschende Moral ist unerbittlich. Ein junger Leutnant etwa, den ein satisfaktionsunfähiger Bäckermeister öffentlich beleidigt, muß sich erschießen, will er nicht seine Ehre verlieren. Aber solche Regeln gelten nur an der sichtbaren Oberfläche; ihren wesentlichen Gehalt haben sie verloren. Per Zufall stirbt der Bäckermeister, und der Leutnant Gustl lebt unversehrt weiter. Längst schon will jeder frei sein, egal wie gebunden er ist. Neigung und Trieb beginnen das Reglement aufzulösen; der Wunsch, ja die Gier besiegen die Konvention.

Zwei Männer, fast gleichaltrig, leben um 1900 in Wien, und sie beobachten ihre Stadt mit dem zweiten, dem kritischen Auge. Sie wohnen nur ein paar Gehminuten voneinander entfernt, aber es heißt, sie seien einander kaum begegnet. Vielleicht sind sie sich sogar aus dem Weg gegangen, weil sie einander so ähnlich waren.

Der eine: Sigmund Freud, Arzt aus assimilierter jüdischer Familie. In seiner Praxis in der Berggasse entwirft er eine Psychologie auf der Grundlage unterbewußter Triebstrukturen; er verändert damit nachhaltig das Selbst- und Weltbild des modernen Menschen. Man hat den Umstand, daß er dem Menschen die vollständige Kontrolle seiner selbst abgesprochen hat, eine kopernikanische Wende genannt.

Der andere Mann: Arthur Schnitzler, Arzt aus assimilierter jüdischer Familie. Als junger Mann diagnostiziert er bei sich selbst jene existentielle Unentschlossenheit, die so leicht zum Verrat an anderen wie an sich selbst führen kann. »Jugend in Wien« wird er später die Autobiographie seiner ersten 30 Jahre nennen. Und »Wien« ist darin nicht nur seine Heimatstadt, sondern auch Metapher für eine Kultur und ein Bewußtsein, die in Auflösung begriffen sind.

Um 1900 ist Arthur Schnitzler bereits einer der bedeutendsten österreichischen Schriftsteller. Seine Arztpraxis wird er aufgeben, sobald er vom Honorar für seine Diagnosen, die als Prosa oder Drama das Krankheitsbild des Bürgertums beschreiben, selbst ein gutbürgerliches Leben führen kann. Wie viele seiner Helden wohnt er mit Frau und Kindern in einer Villa am Stadtrand, sein Arbeitszimmer prangt gründerzeitlich, seine Manuskripte sind so sauber geordnet wie die Schriftstücke in einer

Kanzlei. Wer von einem kritischen Autor revolutionären Habitus erwartet, der wird enttäuscht.

Tatsächlich erklärt man Schnitzler schon zu Lebzeiten, in seinem letzten Lebensjahrzehnt, zum Repräsentanten des untergegangenen Habsburger-Reiches, das er so scharf sezierte. Und nach seinem Tod 1931 scheint seine Literatur endgültig zum K. u. K.-Nippes geschlagen zu sein. Doch als in den siebziger Jahren des 20. Jahrhunderts die Selbstgewißheit der Nachkriegszeit furchtbar ins Wanken gerät, als wieder eine Befreiungszeit ausgerufen wird – da erinnert man sich an Schnitzler und erkennt ihn wieder als Zeitgenossen. Denn dem Kostüm der Jahrhundertwende entkleidet, sind seine Texte nichts als dramatische Versuchsanordnungen, in denen der Freiheitsdrang des modernen Individuums auf das Reglement der Gesellschaft sowie auf seine eigenen, innersten Widerstände trifft. Sie handeln von der Schwierigkeit, selbstbestimmt zu leben – und ebenso von der Ungewißheit, ob nicht auch die stärksten und eigensten Wünsche nur wieder Täuschungen des Unbewußten sind. Eben dies macht Schnitzlers Literatur so »aktuell«, daß selbst dieses Epitheton von ihr abfällt.

Der vorliegende Band sammelt elf der kürzeren Erzählungen Arthur Schnitzlers aus der Zeit zwischen 1886 und 1906. Ihr Thema sind oft verbotene oder mißglückende Liebesbeziehungen. Sie zeigen, wie erdrückend das Reglement sein kann; sie zeigen aber auch, wie nahe beieinander persönliche Freiheit und Verrat am Allernächsten liegen. Alle sind sie genau beobachtete Zeitbilder aus dem Wien der Jahrhundertwende und gleichermaßen Musterbeispiele für die Gefahren, in die gerät, wer glaubt, dem Zwang des Allgemeinen entkommen zu sein.